완전기억자

강형욱 현대판타지 장편소설
MODERN FANTASY STORY & ADVENTURE

9

dream
books
드림북스

완전기억자 9

초판 1쇄 인쇄 / 2015년 12월 17일
초판 1쇄 발행 / 2015년 12월 28일

지은이 / 강형욱

발행인 / 오영배
책임편집 / 편집부
펴낸 곳 / (주)삼양출판사 · 드림북스

주소 / 서울시 강북구 도봉로 173
대표 전화 / 02-980-2112 팩스 / 02-983-0660
편집부 전화 / 02-980-2116 팩스 / 02-983-8201
블로그 / blog.naver.com/dreambookss

등록번호 / 제9-00046호
등록일자 / 1999년 3월 11일

ISBN 979-11-313-0359-7 (04810) / 979-11-313-0185-2 (세트)

* 지은이와 협의하에 인지는 생략합니다.
* 잘못된 책은 구입한 곳에서 바꾸어 드립니다.

이 도서의 국립중앙도서관 출판시도서목록(CIP)은 서지정보유통지원시스템홈페이지
(http://seoji.nl.go.kr)와 국가자료공동목록시스템(http://www.nl.go.kr/kolisnet)에서
이용하실 수 있습니다. (CIP제어번호: 2015034172)

완전기억자

강형욱 현대판타지 장편소설

MODERN FANTASY STORY & ADVENTURE

9

dream
books
드림북스

완전기억자

목차

Chapter. 01

이 자리에 모인 건 연예계를 주름잡고 있는 대형 엔터테인먼트들부터 중소 엔터테인먼트들의 사장들까지 사실상 연예계의 큰손들이 모여 있다고 봐야 했다.

일단 연예계 3대 기획사라고 할 수 있는 에스뜨레야 엔터테인먼트와 드림 엔터테인먼트의 수장들이 자리하고 있었고 최근 들어 급부상하고 있는 몇몇 엔터테인먼트들의 수장들도 여기 있었다.

그들은 건형이 들어오자마자 주춤거리다가 자리에서 일어났다.

레브 엔터테인먼트가 최근 주가를 올리고 있다고 하지만 그래 봤자 에스쁘레야 엔터테인먼트나 드림 엔터테인먼트에 비할 바는 못 된다.

그들 모두 오랜 시간 연예계에 군림하면서 기반을 쌓아 온 대형 엔터테인먼트들이기 때문이다.

그렇지만 레브 엔터테인먼트는 얼마 전 스타플러스 엔터테인먼트를 무너트리며 정상에 올라왔다. 그런 만큼 레브 엔터테인먼트를 무시할 수 있는 것도 아니었다.

레브 엔터테인먼트가 갖고 있는 잠재력은 어마어마했다.

특히 플뢰르의 이지현이 독보적으로 군림하고 있었고 그 이외에도 괜찮은 연기자나 가수들이 줄줄이 데뷔할 움직임을 보이고 있었다.

실제로 이번에 그들이 모임을 갖기로 한 건 친목 도모를 위한 것도 있었지만 플뢰르의 메인 보컬인 이지현이 최근 컴백을 준비 중이라는 이야기가 떠돌아서였다.

그녀가 컴백한다는 것은 곧 음원 시장에 핵폭풍이 몰아닥친다는 이야기다.

실제로 그녀가 갖고 있는 음원 파워는 어마어마했다.

그룹 플뢰르도 무려 5주간 음원 1위부터 3위를 줄곧 수성했다.

플뢰르가 활동하는 기간 동안 단 한 번도 1위에서 3위까지를 벗어난 적이 없었는데 그게 가능했던 것은 1위부터 3위까지의 노래가 전부 다 이지현이 작사·작곡한 노래였기 때문이다.

그런데 플뢰르 활동이 끝나고 얼마 지나지 않아 이지현이 다시 컴백한다고 하고 있으니 레브 엔터테인먼트를 제외한 3대 대형 엔터테인먼트의 발등에 불이 떨어진 상황이었다.

특히 엔젤돌스나 슈퍼스타를 다시 컴백시키려 했던 에스프레야 엔터테인먼트나 드림 엔터테인먼트는 속앓이를 할 수밖에 없었다.

예전에는 언론 플레이와 사재기 등을 이용해서 음원 싹쓸이를 하는 게 가능했지만 지금은 그게 불가능했다.

그 정도로 이지현이 갖고 있는 음원 파워는 어마어마했다.

최근 한 연예계 매체에서 국내 유명인들의 영향력을 조사한 적이 있었는데 1위를 차지한 게 플뢰르의 메인 보컬 이지현이었다.

정재계 인사들을 포함해서 조사한 것임에도 불구하고 그렇게 나타난 것이다.

게다가 2위는 태원 그룹의 전략 기획실장 박건형, 3위는 레브 엔터테인먼트의 사장 정명수였다.

그야말로 1위부터 3위까지를 레브 엔터테인먼트와 연관 있는 사람들이 모조리 차지해 버린 셈이다.

　에스쁘레야 엔터테인먼트나 드림 엔터테인먼트가 그들의 눈치를 볼 수밖에 없는 이유이기도 했다.

　만약 자신들이 공들여 내놓은 가수들이 한창 음원순위를 끌어올리려 할 때 갑자기 이지현이 솔로 앨범을 들고 출격해 버린다면?

　그 즉시 음원 파트에서 미끄러질 테고 그만큼 타격이 되어 돌아올 게 분명했기 때문이다.

　그렇다 보니 에스쁘레야 엔터테인먼트나 드림 엔터테인먼트는 최근 들어 눈에 띄게 레브 엔터테인먼트를 경계하는 듯한 몸짓을 보이고 있었다.

　그런데 그때 박건형이 이번 모임에 참석한 것이다.

　박건형에 대한 소문은 이미 업계에 파다하게 퍼져 있었다.

　처음에는 코웃음을 치며 그것을 믿지 않았지만 최근 들어서는 오히려 그게 과소평가된 게 아니냐는 듯한 이야기도 종종 오고 가고 있는 중이었다.

　마이더스의 손, 재계의 신, 태원 그룹의 백기사, 삼왕 그룹의 구애를 뿌리친 자 등.

　현재 그를 지칭하는 것은 많았다.

플뢰르의 메인 보컬 이지현의 남자 친구라는 건 그 많은 이야기들에 파묻힌 지 오래였다.

오히려 몇몇 사람들은 재벌 2세 못지않은 부와 권력, 명예를 가지고 있는 그가 왜 아이돌을 만나는지 이해할 수 없다는 반응을 보이기도 했다.

그때마다 건형은 왜 네티즌들이 자신의 연애사까지 참견하는지 이해할 수 없다는 반응을 보였지만 말이다.

어쨌든 건형이 모임에 참가하자 대번에 분위기가 무거워졌다.

이지현이 최근 솔로 앨범 녹음을 모두 다 끝냈으며 앨범 퀄리티가 장난 아니라는 이야기는 업계에 이미 알려질 대로 알려진 상태였다.

그 때문에 정명수의 어깨가 눈에 띄게 올라가 있는 건 어찌 보면 당연한 일이었다.

"커, 커험. 어서 오십시오. 에스뜨레야의 장홍철입니다."

에스뜨레야 엔터테인먼트 사장 장홍철.

그는 신화적인 사내다.

원래 그는 가수였다.

그것도 보통 가수가 아니라 전국적으로 인지도 높던 가수였다.

다만 메인 보컬은 아니었고 래퍼였으며 댄서였다.

그렇다 보니 인지도 측에서는 메인 보컬보다 약간 밀렸다.

그렇지만 그는 그룹 탈퇴 이후 연예계 사업에 발을 뻗었고 특유의 역량을 발휘해서 에스쁘레야 엔터테인먼트를 단숨에 업계 수위권으로 끌어 올렸다.

그러면서 지금 에스쁘레야 엔터테인먼트는 업계 1, 2위를 오고 가고 있었다.

재계에 삼왕 그룹과 정명 그룹이 있다면 연예계에는 에스쁘레야 엔터테인먼트와 드림 엔터테인먼트가 있다고 봐야 했다.

원래 스타플러스 엔터테인먼트도 개중 하나였다.

어쨌든 장홍철은 내놓는 가수마다 실력파라고 칭송받았고 그때마다 히트를 거뒀다.

그러나 최근 들어 소속 연예인들과의 트러블 그리고 얼마 전 에스쁘레야 엔터테인먼트의 기획실장이었던 김기석이 스폰서를 하다가 그 일로 태원 그룹의 정인호 사장이 검찰로부터 기소당하고 징역형을 받게 되면서 기세가 한풀 꺾인 상황이었다.

위법 행위는 절대 하지 않으며 할 생각도 없다고 끊임없이 청렴결백을 외치던 에스쁘레야 엔터테인먼트의 장홍철 사장 입장에서는 대놓고 뒤통수를 맞은 셈이었으니까.

그는 이후 김기석 실장을 바로 해고하고 고소하는 등 나름 진정성 있는 모습을 취하는 제스처를 했지만 그 이후 소속사 연예인 몇몇이 구설수에 오르는 등 여러모로 악재를 겪고 있었다.

그런데 김기석 실장이 스폰서를 하고 다니며 그것을 통해 소속 연예인의 가치를 높이려 한다는 걸 캐낸 게 다름 아닌 박건형이었다.

장홍철 입장에서 볼 때 박건형은 자신의 목에 비수를 들이댄 것이나 마찬가지였다.

그런데 박건형이 그간 해 온 걸 보면 그가 갖고 있는 가치는 어마어마했다.

그렇다 보니 그를 보는 눈이 여러모로 복잡미묘할 수밖에 없었다.

먹기엔 쓰고 그렇다고 뱉자니 아까운 보약을 보는 듯한 느낌이랄까?

이전에만 해도 동네 구멍가게나 다름없던 레브 엔터테인먼트가 최근 급성장한 모습을 보면 장홍철 뿐만 아니라 다른 업계 사장들도 비슷한 생각을 품고 있을 터였다.

"정 사장님이 누구를 데려왔나 했더니 박 이사님이실 줄

이야. 처음 뵙겠습니다. 윤 모입니다."

자신을 낮추며 소개하는 사내는 드림 엔터테인먼트의 사장 윤정민이었다.

윤정민, 그 역시 한때 가요계를 주름잡았던 명가수였다.

장홍철과 다르게 그는 철저하게 조직화된 문화를 바탕으로 드림 엔터테인먼트를 업계 1위로 끌어올렸고 여전히 드림 엔터테인먼트는 가장 잘나가고 있는 엔터테인먼트였다.

물론 최근 들어 이지현이 급격히 치고 나오며 드림 엔터테인먼트 소속 가수들이 주춤하고 있긴 했지만 드림 엔터테인먼트가 가지고 있는 팬덤층이나 그들의 노하우는 아무나 쉽게 따라 할 수 있는 게 아니었다.

탄탄한 자본과 뛰어난 실력을 갖춘 트레이너들, 그리고 오랜 시간 투자가 곁들어지지 않으면 따라 할 수 없는 것들이었기 때문이다.

윤정민은 악수를 나누며 건형을 위아래로 훑었다.

업계에 소문난 사내.

그야말로 마이더스의 손을 넘어서서 신의 손이라고 불리는 사내다.

큰 키에 훤칠한 외모 그리고 한눈에도 귀티가 잘잘 흐르는 아우라까지.

윤정민은 그를 보며 가볍게 탄성을 냈다.

여태 수많은 다이아몬드 원석을 봐 왔고 그들을 가공해서 아름다운 다이아몬드로 탄생시켜 데뷔시켜 왔지만 박건형만큼 애초에 볼 때부터 이 정도로 완벽한 다이아몬드는 처음 보는 것 같았다.

가공할 필요조차 없었다.

그냥 완벽 그 자체였다.

오히려 누군가가 손길을 댄다는 것이 위험할 정도로 그는 완전무결했다.

탐이 났다.

윤정민은 자신도 모르게 목소리를 낮추며 말했다.

"박 이사님, 혹시 연예인이 되실 생각은 없으십니까?"

"예? 그게 무슨 말씀이시죠?"

"저는 한 번도 제 눈이 틀린 적이 없다고 자부합니다. 제가 뜬다고 생각한 연예인은 무조건 떴습니다. 그런데 오늘 박 이사님을 보니까……그동안 제가 무슨 반딧불만 수집해 온 거 같습니다. 박 이사님은 그에 비교해 보면 보름달보다 더 밝게 빛나고 있으니까요. 관심 없으십니까?"

어떻게 보면 삼대 엔터테인먼트의 수장으로서 체면을 구기는 말이라고 할 수도 있다.

그러나 윤정민 입장에서 그건 아무렇지도 않았다.

박건형을 잡을 수 있으면 이지현도 잡을 수 있다는 이야기다.

그렇게 윤정민이 계속해서 이야기하고 있을 때 정명수가 다가와서 말했다.

"하하, 윤 사장님. 이건 상도의에 어긋나는 일 아닙니까? 우리 회사 대주주를 데려가려 하시다뇨. 연예인으로 데뷔하실 일은 없겠지만 설령 그렇게 하신다면 우리 회사 쪽에서 데뷔시킬 겁니다. 그러니까 그만 꿈 깨시죠. 허허."

"……이건 저와 박 이사님 간의 비즈니스입니다. 정 사장님께서는 애초에 생각조차 하지 않았던 일 아닙니까?"

"그럴 리가요. 예전에도 한 차례 제가 여쭤 본 적이 있는데요. 안 그렇습니까?"

그랬다.

예전에도 정명수 사장은 건형한테 연예인이 될 생각이 없냐고 물어본 적이 있었다.

마침 건형은 지금 백수다.

태원그룹 전략 기획실 실장이었지만 자의로 퇴사했고 지금은 할 일 없이 빈둥거리며 노는 백수다.

누구는 그런 건형을 보며 어떻게 백수냐고 할 수도 있다.

건형 통장에는 어마어마하게 많은 돈이 잠자고 있으며 그는 돈을 벌지 않아도 충분히 먹고 살 수 있으니까.

아니, 먹고 사는 게 문제가 아니라 온갖 여가 생활을 충분히 즐길 수도 있다.

그런데 백수라고 대수랴.

그렇지만 건형은 무언가 하고 싶었다.

그게 무슨 일이든 상관없었다.

논문을 써도 되고 공부를 해도 되고 노래를 불러도 되고.

원하는 일을 마음껏 누리고 싶었다.

일루미타니는 아이젠하워 가문을 13인 위원회에서 내쫓는 것으로 사과를 대신해 왔다.

그들과 마찰을 빚을 일은 당분간 없을 것이다.

사실 건형은 무척 지쳐 있는 상태였다.

하고자 하는 일은 많았지만 뜻하지 않은 암초 덩어리들이 많았다.

장형철하고 강해찬, 두 사람은 잠적한 채 뒤에서 수작을 부리고 있는 상황이다.

그러나 그들을 건형이 어떻게 할 방법은 마땅치 않았다.

지혁이 그들의 비리를 파헤치고 있지만 오래전부터 준비한 듯 그들은 무엇 하나 제대로 흔적을 노출시키지 않고 있었다.

놀라운 자들이다.

그만큼 준비가 철저하게 되어 있다는 이야기다.

오랜 시간이 걸릴 수밖에 없는 싸움이다.

건형은 자신을 위해 제대로 투자해 보고 싶었다.

"생각해 보도록 하죠."

"좋습니다."

"아니, 박 이사님! 이건 우리 측하고 상의해 봐야 할 문제 아닙니까?"

정명수가 다급한 얼굴로 건형을 쳐다보며 말했다.

그 입장에서 건형은 놓칠 수 없는 대어다.

예전에 한 번 그를 의심한 적 있지만 그때 자신이 굴러 들어온 호박을 뿌리째 던질 뻔했다는 걸 깨닫고 얼마나 식겁했던가.

건형이 레브 엔터테인먼트를 떠나면 이지현도 같이 떠난다.

이지현이 떠나고 나면 레브 엔터테인먼트는 그 규모가 절반 이하로 줄어들 것이다.

게다가 건형이 갖고 있는 레브 엔터테인먼트의 지분은 49%.

그는 돈에 욕심이 있는 자도 아니다.

정명수는 애걸복걸할 수밖에 없었다.

다른 엔터테인먼트 사장들도 낌새를 눈치챘다.

본의 아니게 친목 도모를 위해 만들어진 자리가 건형의 쟁탈전 현장이 되어 버리고 말았다.

국내 쌍강 그룹부터 연예계의 중대형 엔터테인먼트들까지.

너도나도 할 것 없이 건형을 탐내 하고 있었다.

그러나 이것은 시작에 불과했다.

건형은 지금 그야말로 태풍의 눈이라고 할 수 있었다.

그가 움직일 때마다 변화가 일어난다.

그리고 그 변화가 세계를 움직이고 있다.

트렌드다.

그리고 브랜드다.

이미 건형은 건형 그 자체만으로도 브랜드화되었다고 할 수 있었다.

그리고 건형이라는 브랜드를 탐내는 기업은 국내뿐만 아니라 전 세계에 널리고 널려 있었다.

엔터테인먼트끼리의 모임은 오래 지나지 않아 끝났다.

그러나 대다수 엔터테인먼트들이 생각하는 건 다 똑같았다.

박건형이라는 브랜드.

이 브랜드를 자신의 것으로 만들고 싶다는 그런 생각을 하고 있었다.

어떻게 보면 세계적으로 순식간에 변화하는 이 트렌드에 가장 빠르게 접근하고 있는 건 이들 대형 엔터테인먼트의 사장들이다.

이들은 시시각각 변하는 대중들의 기호를 맞춰야 할 필요가 있기 때문이다.

그런 팬들의 기호도를 면밀히 조사해서 그 기호도에 맞는 아이돌을 만들어 내고 수익을 창출하고, 이것들이 바로 이들 엔터테인먼트 사장들이 하는 일이다.

만만치 않은 일이다.

백인백색.

저마다 다 취향이 다르고 기호가 다르다.

그것을 가장 대중적으로 맞춘다는 건 결코 쉬운 일이 아니다.

그런 점에서 대형 엔터테인먼트는 그 기호를 누구보다 가장 잘 알고 있는 자들이다.

그런 그들이 보기에 박건형은 언제 어디서든 통할 수 있는 최고의 가치를 가지고 있었다.

이미 그는 이름값이 충분히 있는 데다가 화제성도 확실했기 때문이다.

그러나 박건형은 그들의 제안을 뒤로한 채 집으로 돌아왔다.

아직 생각할 게 많이 남아 있었다.

그때 솔로 앨범 준비로 한창 바쁘던 지현도 집에 돌아왔다.

그녀가 건형을 쳐다보며 물었다.

"오빠, 무슨 생각을 그렇게 해요?"

"응? 아, 별거 아니야."

"별거 아니라고요? 그런 거 같지 않은데요? 도대체 뭔데요?"

"그게 그러니까……음, 오늘 엔터테인먼트 대표들이 모이는 자리에 갔다 왔는데 나보고 연예인 해 볼 생각 없냐고 그러더라고. 그래서 그것 때문에 고민하고 있었어. 나 지금 백수잖아. 하하."

건형이 멋쩍게 웃어 보였다.

그 모습에 지현이 피식 미소를 흘렸다.

"오빠가 백수는 무슨 백수예요. 레브 엔터테인먼트 주주면서. 오빠가 백수면 다른 백수들은 어떻게 하라고요. 그건 그렇고 연예인이라고요? 배우? 가수? 뭐 하고 싶은데요?"

"음, 가수? 가수는 어떨까?"

지현이 눈매를 좁혔다.

생각해 보니 건형이 노래를 부르는 모습은 한 번도 본 적이 없었다.

그의 실력이 궁금했다.

정말 머리 좋은 건형이다. 지현이 볼 때 건형은 사실 만능이나 다름없다.

그런 그가 노래도 잘 부를까?

그것에 호기심이 생겼다.

지현이 건형을 쳐다보며 물었다.

"오빠, 노래는 잘 불러요?"

"글쎄. 아주 못 부르는 편은 아니라고 생각하는데."

건형이 어깨를 으쓱거렸다.

사실 대부분 건형 또래의 남자들은 자기 노래 실력이 나쁘지 않다고 생각한다.

노래방에 가서도 충분히 실력 발휘를 할 수 있다고 믿고 있다.

지현이 그런 건형을 쳐다보며 말했다.

"그러면 그러지 말고 같이 노래방 가요. 어때요?"

"여태 녹음하다가 왔는데 안 힘들어?"

"괜찮아요. 녹음은 진즉에 다 끝냈죠. 이제 앨범 나오려면 얼마 안 남았는데. 그냥 후배들 앨범 준비한다길래 제가 피처링 약간만 해 주고 왔어요."

지현이 피곤한 얼굴로 입을 열었다.

그러고 보니 최근 들어 지현에게 피처링 제의가 어마어마하게 쏟아지고 있다고 들었다.

레브 엔터테인먼트 소속 가수들뿐만 아니라 다른 엔터테인먼트 가수들에게도 들어오고 있다고 했다.

그도 그럴 것이 지현이 갖고 있는 음원 파워가 워낙 막강하다 보니 그럴 수밖에 없었다.

그녀가 갖고 있는 음원 파워라면 충분히 각종 음원 사이트에서 상위권을 노려볼 만할 테니까.

실제로 어떤 가수 한 명이 지현의 피처링을 받고 발표한 곡이 4위권까지 올라간 경험이 한 번 있었다.

1위는 차지하지 못했는데 그때 1위를 주야장천 지켜 온 곡이 그룹 플뢰르가 발표한 신곡이었기 때문이다.

그래도 지현이 갖고 있는 음원 파괴력이 대단하다는 걸 증명하는 것이었는데 하나같이 노래를 들은 사람들마다 지현이 노래를 부르는 파트에서 소름이 돋아 죽는 줄 알았다, 이런 표현을 자주 남겼기 때문이었다.

어쨌든 건형과 지현은 간편하게 옷을 차려입은 채 집 근처에 있는 노래방을 찾았다.

이곳저곳을 둘러보던 끝에 두 사람은 화사하게 잘 꾸며진, 개업한 지 얼마 안 된 노래방 하나를 찾을 수 있었다.

두 사람 모두 모자를 눌러쓴 까닭에 얼굴을 자세히 볼 수 없는 상황이었다.

반면에 시간은 어느새 저녁 열한 시를 훌쩍 넘겨 버린 상태.

아르바이트생이 두 사람을 힐끗 보더니 입을 열었다.

"저 죄송한데 주민등록증 좀 보여주실 수 있을까요? 밤 열 시 이후에는 청소년 출입 금지라서요."

겉으로 드러난 외모나 피부만 봤을 때에는 두 사람 모두 십 대로 느낄 만큼 대단히 어려 보인다.

그렇다 보니 아르바이트생은 두 사람의 주민등록증을 확인해 봐야겠다고 생각했다.

청소년은 밤 열 시 이후 PC방이나 노래방에 출입하는 게 금지되어 있기 때문이다.

머뭇거리던 중 건형이 신분증을 꺼내 건넸다.

이십 대임을 확인한 아르바이트생이 옆에 서 있는 지현을 바라보며 말했다.

"저기 신분증 좀 보여 주실래요?"

지현이 조심스럽게 신분증을 내밀어 보였다.

신분증을 본 아르바이트생이 순간 눈을 휘둥그레 떴다.

박건형과 이지현.

연예계에서 가장 유명한 커플이다.

연애한다고 발표하고 난 뒤에도 줄곧 단 한 번도 잡음에 시달려 본 적이 없는 선남선녀 커플이기도 했다.

게다가 여자는 신곡만 발표했다 하면 음원 차트 1위, 음반 판매량도 지금 이 죽어 가는 음악 시장에서 넘을 수 없는 사차원의 벽, 넘사벽이라고 불릴 만큼 압도적이었고 남자는 며칠 전까지 태원 그룹의 전략 기획실장이었다.

아르바이트생은 입을 쩍 벌린 채 신분증을 돌려주며 더듬 더듬 말했다.

"저, 저 7, 7번 방으로 들어가시면 돼요."

지현이 건형에게 속삭였다.

'알아차린 거 같죠?'

'응, 그런 거 같은데?'

'어떻게 해요? 소란스러워지는 거 아니에요?'

'괜찮아. 정 소란스러워지면 몰래 도망치면 그만이지.'

두 사람이 그렇게 7번 방으로 들어갈 때 아르바이트생은 잽싸게 친구들에게 카톡을 열심히 날려 대고 있었다.

[야, 대박이다! 우리 노래방에 이지현하고 박건형 왔어!]

[뭐? 누구? 이지현?]

[그래, 씨발. 진짜라니까. 빨리 와. 지금 노래 부르러 들어갔어.]

[구라 치지 마. 무슨 노래방을 와. 저게 심심하니까 연예인을 파네. 팔 거면 적당한 아이돌을 팔든가. 이지현이 말이 되냐?]

[ㅋㅋㅋㅋ. 말도 안 되는 소리 하네. 어제 먹은 술 덜 깼냐?]

[아, 진짜라니까 그러네. 야, 빨리 와 봐. 진짜라고!]

그러나 그의 말을 믿는 친구는 거의 없었다.

죄다 그가 하는 말을 거짓말로 치부해 버릴 뿐이었다.

*　　　*　　　*

노래방에 들어온 뒤 건형이 마이크를 잡았다.

지현은 쇼파에 기대어 앉은 뒤 건형을 바라봤다.

그 모습은 마치 심사위원을 보는 듯했다.

"한번 기대해 볼게요."

기대한다, 라는 저 말이 왜 이렇게 무섭고 떨리는지.

여태 단 한 번도 떨어 본 기억이 없던 건형이 조심스럽게 마이크를 잡았다.

그런 다음 그는 가장 자신 있어 하는 노래를 선곡했다.

반주가 흘러나오고 노래가 시작됐다.

그리고 건형이 노래를 불렀다.

노래가 끝난 뒤 지현은 살짝 놀란 얼굴로 건형을 바라봤다.

지현은 건형이 음치일 거라고 생각했다.

모든 게 다 완벽한데 노래 실력마저 완벽하다면?

왠지 모르게 기분이 좋지 않을 거 같았다.

그래도 남자 친구한테 하나쯤은 이길 수 있는 게 필요했
으니까.

그런데 이렇게 노래까지 잘 부를 줄은 몰랐다.

조금 더 정확히 이야기한다면 기교가 있는 건 아니었다.

기초가 부실했다.

그냥 친구들과 노래방을 다니면서 종종 부른, 그 정도였다.

하지만 음색이 남달랐다.

그리고 사람의 마음을 뒤흔드는 그런 무언가가 있었다.

마치 영혼을 잡아끄는 듯한 매력이 풍부했다.

지현은 그런 생각을 하며 문득 떠오르는 가수가 한 명 있
었다.

자기 자신이었다.

물론 지현은 오래전부터 노래를 배워 온 만큼 기본기도 탄탄하다.

그러나 사람들이 지현의 노래를 좋아하는 건 그녀의 노래가 갖고 있는 힘 때문이다.

그녀의 노래에서 뿜어져 나오는 폭발적인 힘.

그것의 기반을 만들어 주는 건 그녀의 목소리 그 자체다.

그리고 그녀가 노래를 부를 때마다 마음을 두드리는 듯한 그 무언가가 사람을 사로잡게 된다.

지현이 음원 시장에서 승승장구할 수 있었던 비결이 바로 그것이다.

그런 건형의 노래는 자신을 빼닮아 있었다.

"오빠, 한 곡만 더 불러 줘요!"

"한 곡 더?"

"네. 노래 정말 듣기 좋았어요."

잘 부른 건 아니다.

발성이 아주 뛰어난 건 아니었다.

음정이나 박자는 맞았지만 완벽하진 않았다.

기본기를 중시하는 사람이라면 건형에게 좋은 점수를 주는 건 힘들 것이다.

그러나 건형의 노래에는 힘이 실려 있었고 사람의 마음을 뒤흔들고 있었다.

'이 정도 노래라면 충분히 먹힐 수 있어.'

지현은 건형과 듀엣으로 노래를 부르는 상상을 해 봤다.

생각만 해도 가슴이 짜릿했다.

그렇게 건형이 연달아 네 곡을 불렀다.

그때마다 지현은 행복감에 젖어 있었다.

건형의 노래는 사람의 마음을 울리는 그 무언가가 확실히 있었다.

그것이 완전기억능력에 기반을 둔 건지 아니면 건형 목소리가 본래 가지고 있던 힘인 것인지는 알 수 없지만 분명히 그러했다.

"아휴, 힘들다. 힘들어. 이제 더는 못 부르겠어."

"괜찮아요. 정말 노래 잘 부르는데요? 이 정도면 가수를 해도 되겠어요."

"그래? 흠, 그러면 조만간 한번 연락을 해 봐야겠네."

"네? 누구한테요?"

눈을 동그랗게 뜨며 물어 오는 지현을 보며 건형이 대답했다.

"진명제 PD님이라고 알아?"

"아, 진 PD님요. 당연하죠. 그때 오빠하고 인연을 맺게 된 게 진 PD님 프로그램 출연하면서잖아요."

건형이 처음 완전기억능력을 얻게 되었을 때 그는 퀴즈쇼에 출연하게 되었다.

그 당시 퀴즈에 자신 있어 하는 사람들을 모두 모은 것으로 왕중왕전이었다.

그때 건형은 당당히 퀴즈쇼에서 우승을 거머쥐었는데 당시에 퀴즈쇼 메인 PD를 맡고 있던 게 진명제 PD였다.

그는 그 이후 건형과 퀴즈의 신이라는 프로그램도 함께했었다.

건형이 더는 퀴즈쇼를 할 수 없게 되면서 퀴즈의 신은 5화 만에 끝났지만 시청률은 꽤 잘 나온 편이었다.

퀴즈의 신을 상대로 승리를 거머쥘 수 있는 사람이 나올 수 있느냐 없느냐를 가지고 흥미진진한 대결이 여러 차례 펼쳐졌었으니까.

여하튼 지금 진명제 PD는 퀴즈쇼를 관두고 음악 프로그램을 진행하고 있었다.

개중에는 마스크를 쓰고 신분을 가린 채 목소리로만 승부를 보는 프로그램이 하나 있었다.

최근 가장 인기가 높은 프로그램으로 배우나 코미디언들

이 나와서 색다른 모습을 보여 주며 화제를 끌고 있었다.

"오빠 혹시 마스크싱어 나가려고요?"

"응, 괜찮을 거 같지 않아?"

마스크싱어.

마스크를 쓰고 노래를 부르는 게 바로 이 프로그램의 컨셉이다.

시청자들은 선입견 없이 노래만으로 그 사람을 파악하게 되어 있었다.

그렇게 경합을 통해 우승하게 되면 그 회차의 위너가 될 수 있다.

"나쁘지 않네요. 그러고 보니 진 PD님이 저한테도 몇 번 나와 달라고 하긴 했었는데……."

"휴, 그건 그렇고 너도 한 곡 불러 줘. 여태 나만 불렀잖아."

"음, 좋아요. 제 솔로 앨범 데뷔곡으로 할게요. 괜찮죠?"

지현이 솔로로서 충분히 성공할 수 있다는 가능성을 내비친 그녀의 첫 곡.

그 노래를 들으며 건형은 입가에 미소를 그려 보였다.

역시 지현의 노래는 환상적이었다.

그때 소란스러운 소리가 들려왔다.

아무래도 바깥에 난리가 난 모양이었다.

노래를 끝마친 지현이 얼굴을 구겼다.

"역시, 예상했던 대로네요."

"괜찮아. 어차피 요금도 미리 결제했고 그냥 몰래 빠져나가면 그만이지."

건형이 문을 열어젖혔다.

아르바이트생이 친구들과 함께 북적거리는 사람들을 막아 내려 애쓰고 있었다.

"저기요. 밀고 들어오시면 안 돼요!"

시간을 보니 열두 시가 훌쩍 넘어 있었다.

그들은 모자를 깊게 눌러쓴 채 비상문을 통해 바깥으로 나왔다.

몇몇 사람들이 그들을 힐끔거렸다.

그러나 두 사람은 아랑곳하지 않고 발걸음을 옮겼다.

그리고 며칠 뒤, 건형은 진명제 PD를 오랜만에 마주할 수 있었다.

진명제 PD는 눈앞에 서 있는 훤칠한 청년을 바라봤다.

그는 지금 방송국 인근에 있는 조용한 룸카페에서 박건형을 마주하고 있었다.

건형을 알아보고 사람들이 또 몰릴까 봐 일부러 자리를 이곳으로 고른 것이다.

진명제 PD가 건형을 보며 가볍게 탄성을 냈다.

이제 1년 정도 지났지만 그는 훌쩍 변한 듯한 모습이었다.

외형은 바뀐 게 없었지만 내면적인 부분이 크게 변해 있었다.

쉽게 말을 꺼내기가 어려웠다.

진명제 PD가 어색하게 웃어 보이며 말했다.

"뭐라고 불러야 할지…… 일단 자리에 앉으시죠."

"하하, 그러게 말이에요. 진 PD님. 오랜만에 뵙네요."

"예. 그동안 잘 지내셨습니까? 편의상 박 이사님이라고 부르겠습니다."

건형이 레브 엔터테인먼트의 상무이사니까 이사라고 부르는 건 맞는 표현이었다.

건형이 미소를 지어 보이며 대답했다.

"예. 저야 잘 지냈습니다. 진 PD님 덕분에 예쁜 여자 친구도 얻게 됐고요."

진명제 PD가 한때 주관하던 퀴즈쇼에서 지현과 만났던 이야기를 꺼내 놓은 것이다.

진명제 PD가 환하게 미소를 지어 보였다.

"그 소식 듣고 정말 기뻤습니다. 참 잘 어울리는 선남선녀라고 생각했거든요. 그때 매니저가 그렇게 부르는데도 지현 씨가 안 간다고 발버둥 치던 게 생각납니다.”

“하하, 그랬던가요?”

“예. 그랬었죠. 어쨌든 저를 만나고 싶다고 전화로 듣긴 했지만……무슨 급한 일이라도 있으신 겁니까?”

“요새 진 PD님이 하고 있는 마스크싱어, 잘 보고 있습니다. 되게 재미있더군요.”

“예. 처음 할 때만 해도 섭외가 어려워서 힘들었는데 지금은 가수분들이 너도나도 하고 싶다고 해서 곤란할 지경입니다. 뭐, 그래도 시청자분들한테 최고의 방송을 선보여야 하니까요. 박 이사님이 제가 만든 방송의 시청자라니 기분이 좋군요. 마음이 든든합니다.”

“혹시 마스크싱어에 저도 한번 나가 볼 수 있을까요?”

“예? 박 이사님이요?”

진명제 PD가 눈을 휘둥그레 뜨며 건형을 쳐다봤다.

건형이 고개를 끄덕였다.

잠시 고민하던 진명제 PD가 맹렬하게 머릿속으로 주판을 두들겼다.

섭외는 문제가 되지 않는다.

이미 하고 싶어 하는 가수들이 줄을 서고 있다.

오히려 자리를 만들어 주기 어려울 것이다.

그렇지만 건형이 갖고 있는 화제성은 어마어마하다.

이지현의 남자 친구라는 위치는 빙산의 일각이고 태원 그룹의 전략 기획실장, 레브 엔터테인먼트의 상무이사 등 그를 수식하는 단어는 화려하다.

그를 출연시킨다면 그만큼 시청률이 눈에 띄게 오를 가능성이 높다.

문제는 그의 노래 실력이다.

아마추어를 참가시킬 수는 없다.

그것은 그가 기획하고 있는 방송 의도와 맞지 않는다.

그는 실력 있는 가수들이 조명받지 못하는 상황을 대비해서 이 프로그램을 기획하게 됐다.

실력이 있는데도 외모 때문에 혹은 기획사가 작아서 조명받지 못하는 가수들.

그들을 되살리고자 하는 의도에서 이 프로그램을 만들게됐다.

그런데 아마추어를 투입한다는 건 절대 있을 수 없는 일이다.

진명제 PD가 에둘러 이야기했다.

"죄송합니다만. 우리 프로그램은 아마추어 가수는 출연이 어렵습니다. 방송 출연이 필요하신 거라면 하이퍼스타나

케이팝싱어 같은 방송에 나가 보시는 게 어떻겠습니까?"

진명제 PD의 말은 대단히 부드러웠다.

건형의 심기를 건드리고 싶진 않았다.

그가 갖고 있는 힘이라면 방송국 하나쯤 무너트리는 건 일도 아닐 테니까.

그 말에 건형이 웃으며 대답했다.

"한번 노래를 듣고 평가해 주시겠습니까? 그리고…… 지현이도 함께 출연하고 싶어 하더군요."

중간에 건형의 말을 자르려 하던 진명제 PD가 눈을 휘둥그레 떴다.

몇 차례 출연 제의를 해 왔지만 그때마다 번번이 거절당했다.

지현 입장에서는 마스크싱어에 출연하는 게 득이 될 일이 전혀 없기 때문이다.

마스크싱어는 이름이 없는 가수일수록 훨씬 더 유리하다.

그 이름이 없는 가수가 끝내주는 노래를 부른 다음 시청자들이 그 가수를 보고 누구일까 궁금해하다가 그 가수의 정체가 밝혀질 때 시청자들은 희열을 느끼게 되고 그 가수에 대해 찾아보게 된다.

진명제 PD가 노린 건 그런 효과다.

그렇게 볼 때 지현은 나와 봤자 본전치기다.

나와서 잘해야 본전, 못하면 오히려 이미지에 타격을 입을 수 있다.

그런데 지현이 건형이 출연한다면 흔쾌히 같이 출연하겠다고 이야기해 온 것이다.

시청률을 중요하게 생각하는 PD 입장이다 보니 갈등이 깊어졌다.

결국 진명제 PD가 고개를 끄덕였다.

"한번 방송국으로 올라가서 노래를 불러 보죠. 그 대신……."

그리고 진명제 PD가 몇 마디를 더 속삭였다.

건형이 고개를 끄덕였다.

*   *   *

마스크싱어의 메인 작가는 예전 그 퀴즈쇼의 메인 작가였다. 그리고 그 메인 작가를 보조하는 서브 작가에는 퀴즈쇼 때 건형을 유독 싫어했던 막내 작가 유정은도 있었다.

두 사람은 갑작스러운 진명제 PD의 호출에 투덜거리며 방송국으로 들어왔다.

방송국에 마련된 한 부스 안에 웬 마스크를 쓴 훤칠한 키의 남자가 진명제 PD와 함께 서 있었다.

"피디님? 저 남자분은 누구예요? 이게 뭐 하는 거예요?"

메인 작가가 진명제 PD를 쳐다보며 물었다.

진명제 PD가 웃으며 말했다.

"다음 녹화 때 한번 해 보고 싶다 하셔서 이렇게 모셔 왔어."

"예? 다음 녹화 때 출연할 가수는 이미 다 정해진 거 아니었어요?"

"아직 녹화 안 떴잖아. 조금 미루면 되지."

"그래도……."

"괜찮아. 실력 있다니까? 한번 들어 보자고. 들어 보고 판단하는 게 어때?"

"뭐, 좋아요. 일단 들어 보기나 하죠. 비주얼은 모르겠지만 키는 훤칠한 게 여자 시청자들 인기몰이는 백 퍼센트 가능하겠네요."

"흐음."

그때 마스크를 쓰고 있는 건형을 쳐다보는 막내 작가 유정은의 눈빛이 심상치 않았다.

왠지 모르게 어딘가 익숙한.

그런 느낌을 풍기고 있었다.

'어디서 많이 본 사람 같은데……'

고개를 갸웃거리던 그때 사내가 노래를 선곡했다.

그리고 노래가 시작됐다.

노래를 찬찬히 듣고 있는 메인 작가가 고개를 갸웃거렸다.

'프로는 아닌데?'

그녀도 음악 프로그램에서 잔뼈가 굵은 작가다.

프로인지 아마추어인지 구별할 수 있다.

그런 그녀가 보기에 지금 노래를 부르고 있는 이 사람은 결코 프로가 아니었다.

그런데 노래에 마력이 있었다.

사람의 마음을 잡아끄는 무언가가 확실히 내재되어 있었다.

'노래를 잘하는 건 아닌데 계속 듣고 싶게 만들어. 도대체 이게 말이 돼?'

노래를 듣고 싶다는 건 그 사람의 노래 실력이 그만큼 뛰어나기 때문에 가능한 일이다.

그런데 이 남자는 노래 실력이 출중한 건 아니었지만 계속해서 듣고 싶게 만드는 미칠 듯한 마력이 있었다.

'도대체…… 뭐지?'

그 불가사의한 마력에 메인 작가가 고개를 계속해서 연신 내저었다.

노래가 끝이 나고 메인 작가는 물론 진명제 PD와 막내 작가, 그리고 조연출 등이 일제히 박수갈채를 보냈다.

"와, 장난 아닌데요? 이 사람 누구예요? 프로필은 알아야죠."

"음, 이번에는 이렇게 가는 게 어때? 우리도 끝까지 모르는 걸로 가자고. 뭐, 나는 누군지 알고 있지만 나도 모른 척할 테니까."

"현석 오빠한테도 말 안 하려고요?"

강현석은 마스크싱어의 MC다.

당연히 그는 노래를 부르는 참가자가 누군지 알고 있다.

그래야 진행이 되니까.

그런데 그한테도 말하지 않겠다는 건 그만큼 보안이 중요하다는 이야기다.

'도대체 누구지? 최근 가장 잘나가는 솔로 가수 중 한 명인가? 프로는 분명 아니었는데? 진 PD님이 어쭙잖은 아마추어를 방송에 내보낼 리도 없고.'

"수고하셨습니다."

그때 건형이 밖으로 나왔다.

여전히 그는 마스크를 쓰고 있었다.

"반가워요. 마스크싱어 메인 작가예요. 노래 잘 부르시네요."

"감사합니다."

"우리…… 어디서 만난 적 있나요?"

"아닙니다. 그럴 리가요. 처음 뵙습니다."

"그래요? 흐음…….."

"그러면 제가 나중에 따로 연락드리겠습니다."

꾸벅—

건형은 고개를 숙여 보인 뒤 방송국을 떠났다.

그 뒷모습을 빤히 쳐다보던 메인 작가와 막내 작가는 연신 고개를 갸웃거렸다.

어디선가 많이 본 듯한 그런 느낌이 물씬 났기 때문이다.

그때 진명제 PD가 한 말이 단숨에 그 생각을 날려 버렸다.

"아, 그리고 이지현이 방송 출연하기로 했어."

"네? 그게 정말이에요?"

"우와, 대박! 피디님, 그거 정말이죠?"

"응. 다음 주 녹화 말고 다다음 주 녹화 때 투입하는 게 어때?"

"다다음 주요?"

"다음 주도 괜찮지 않아요? 슬슬 위너가 바뀔 때도 됐어요."

마스크싱어가 방송한 지 11주 차째.

1번째, 2번째 위너는 바로바로 물갈이가 됐는데 3번째 위너가 4번째, 5번째까지 차지하고 있었다.

이제 12주 차가 되면 한 번 더 사이클이 돈다. 그리고 이번에 녹화하는 방송이 13주 차, 14주 차 때 방송될 것이고 이때 7번째 위너가 결정된다.

그러나 지금 녹화를 하기로 결정된 여덟 명의 가수들 중에서 위너를 차지할 만한 가수는 마땅히 없었다.

이지현이 나오면 충분히 위너를 차지할 수 있을 것이다.

게다가 이지현이면 적어도 4주 이상은 고정적으로 위너 자리를 지킬 수 있을 테고 그렇게 되면 마스크싱어는 이지현 효과를 4주 내내 누릴 수 있다는 이점이 생긴다.

더불어 음원 시장에서 마스크싱어의 노래를 충분히 어필할 수도 있다.

이지현 노래를 찾아 듣다가 다른 사람의 노래도 찾아 듣게 될 테니까.

일거양득이다.

"아니야. 이번 2주는 거르고 다음 2주 때 출연해 달라고 하자고. 그게 더 나을 거 같아."

진명제 PD가 고개를 저었다.

위너가 될 만한 가수는 마땅치 않다.

그러나 건형의 노래 실력은 생각보다 훨씬 더 훌륭했다.

그가 위너가 될 수 있을지도 모른다.

그리고 그다음 주에 이지현이 투입되면?

연인끼리 위너 자리를 놓고 다투게 만들 수도 있다.

더욱더 화제성이 생기는 셈이다.

진명제 PD는 일석이조, 아니 일석삼조를 노리려 하고 있었다.

건형을 투입시켜 얻는 화제성, 건형과 지현을 경쟁시켜 얻는 화제성 그리고 그 이후 음원 판매에 있어서의 강점까지.

그것을 2주 차로 때우기엔 여러모로 아쉬운 일이다.

"뭐 피디님이 알아서 하세요. 그런데 진짜 누군지 안 알려 주실 거예요?"

"그래. 그래야 더 극적일 거 아니야. 그리고 요새 얼마나 비밀 유지가 어려운데. 엠바고시켜도 풀어 버리는 게 기자놈들이잖아. 그냥 아예 모른 척 밀고 나가는 게 더 나아."

"휴, 알았어요. 그럼 그렇게 하죠."

그리고 한 주가 지났다.

이번에도 마스크싱어의 위너는 5주 차부터 10주 차까지 위너를 3번 연속 차지한 정체불명의 사나이였다.

그동안 건형은 틈틈이 현역 트레이너들로부터 노래를 지도받았다.

그가 갖고 있는 완전기억능력이라는 재능에 노력이 더해지자 건형의 실력은 날이 갈수록 쑥쑥 성장했고 녹화 당일 때까지 건형은 일취월장해 있었다.

그리고 13주 차 방송을 대비해서 한 차례 모임이 열렸다.

녹화방송을 하기에 앞서 이번에 참가한 여덟 명의 가수들이 연습할 수 있는 시간을 마련해 주기로 한 것이다.

첫 번째 무대는 남녀 듀엣 무대이다 보니 연습 시간이 필수적이었다.

그리고 그렇게 네 명의 남자와 네 명의 여자가 마스크를 쓴 채 대기실에서 마주했다.

마스크싱어 13주 차 녹화방송이 시작되기 나흘 전의 일이었다.

녹화방송에 참여하는 가수들은 저마다 마스크를 쓰고 있었다.

게다가 경호원들이 사시사철 그들에게 달라붙어 있었다.

철두철미한 보안을 유지하기 위함인 듯했다.

워낙 기자들이 극성을 부리며 달라붙다 보니 이렇게 한 듯했다.

건형은 사자탈 비슷한 마스크를 썼다.

주변을 돌아보니 특이한 마스크를 쓴 사람들이 자리하고 있었다.

외계인 ET를 닮은 마스크맨, 외국의 한 명품백을 형상화한 마스크우먼, 초콜릿을 덕지덕지 붙인 마스크맨, 깜찍한 공주풍의 마스크우먼, 다이아몬드를 코팅해 놓은 듯한 마스크우먼 등.

각양각색의 마스크를 쓴 사람들이 여기 모여 있었다.

그때 진명제 PD가 메인 작가와 함께 들어왔다.

그가 입을 열었다.

"다들 우리 프로그램을 보셨으니 아시겠지만 1라운드는 남녀 혼성으로 짝을 지어 부르게 되어 있습니다. 여기서 이긴 분이 다음 라운드로 진출하고 또 진출하고 이렇게 올라가게 됩니다. 일단 편성된 조를 알려드리겠습니다. 곡 선정은 두 분이서 자유롭게 의논해서 하시면 됩니다."

건형은 진명제 PD의 말을 기다렸다.

하나둘 호명이 됐고 건형도 이름이 불렸다.

"사자탈 씨는 다이아몬드 양하고 함께 듀엣곡을 불러 주시면 됩니다."

"예, 알겠습니다."

"네. 잘 부탁드려요."

옆에 앉아 있던 다이아몬드 여자가 먼저 고개를 꾸벅 숙였다.

155cm정도 되는 자그마한 키에 아담한 체구.

그리고 빼빼 마른 몸매.

누가 봐도 아이돌임이 짐작이 갔다.

다만 누군지는 알 수 없었다.

마스크를 뚫고 얼굴을 볼 순 없었으니까.

건형도 고개를 숙여 보였다.

"예, 잘 부탁드립니다."

"흠, 그러면 우리 듀엣곡으로 뭘 부를까요?"

"글쎄요. 괜찮은 노래 뭐 있으신가요?"

"아무래도 시청자들에게 어필하려면 최신 가요가 낫지 않을까요?"

그녀는 겉보기에 아이돌이다.

아이돌인 만큼 최신 가요에 민감할 수밖에 없었다.

오래전 나온 노래보다 최신 가요에 보다 더 익숙할 테고.

"싫은 소리, 라는 노래 아세요?"

싫은 소리.

꽤 오래전 가요계에서 꽤 히트를 친 노래다.

아이돌 남자 가수하고 여자 가수, 두 명이 함께 부른 노래로 남자 친구를 걱정하는 여자 친구의 마음이 담긴 노래였는데 이 노래로 여자 가수는 크게 인지도가 올라갔고 그다음 부른 노래도 꽤 히트를 기록했다.

그 이후 이지현이 솔로 데뷔를 하며 원톱으로 올라섰지만 여전히 그녀도 높은 평가를 받고 있었다.

어쨌든 나쁜 노래는 아니었다.

아무래도 여자가 고음을 담당하는 부분이 많다 보니 여자가 임팩트를 보여주기에 더 좋지만 남자 파트도 꽤 많은 데다가 감정을 잘 살린다면 충분히 어필할 수 있었다.

"예, 알고 있죠."

"이 노래로 하는 건 어떠세요?"

"음, 저는 상관없습니다."

"좋아요. 그러면 우리 이 노래로 해요!"

그녀가 팔짝 뛰며 좋아했다.

건형은 그 모습을 보며 머리를 긁적였다.

그렇게 각 팀마다 곡을 선정한 뒤 연습 시간이 주어졌다.

연습 시간.

다이아몬드 코팅녀는 숨을 길게 내쉬었다.

이번 연습을 훌륭하게 해내고 1라운드에서 이기고 2라운드, 3라운드까지 끝내고 위너와의 대결에서 승리할 수만 있다면?

7번째-실제로는 4번째- 위너가 될 수 있다.

그렇게 되면 자신은 물론 자신이 속해 있는 그룹의 인지도도 덩달아 올라갈 것이다.

그것 때문에 그녀는 이번 마스크싱어에 출전하기로 마음먹었고 소속 엔터테인먼트의 후원에 힘입어 마스크싱어에 예비 명단에 이름을 올릴 수 있었다.

워낙 경쟁률이 세다 보니 언제 출연할 수 있을지 알 수 없었지만 운이 좋게도 13주 차, 14주 차 방송에 출연할 수 있게 된 것이다.

다이아몬드 코팅녀는 자신의 상대인 사자탈을 쳐다봤다.

큰 키에 넓은 어깨, 중후한 목소리, 한눈에 봐도 배우 포스를 줄줄 뿜어내는 장신남이다.

저 가면 뒤에 숨겨져 있을 외모가 매우 궁금했다.

'도대체 누구지? 장난 아니던데……'

겉으로 보이는 아우라가 장난 아니었다.

그래도 그녀가 위안을 삼을 수 있는 건 그가 아마추어라
는 점이었다.

1라운드 때 그를 꺾고 반드시 상위 라운드에 진출할 수
있을 것 같다는 희망이 있었기 때문이다.

게다가 그녀가 원하는 노래를 선정했다.

그녀가 노래방에 가면 항상 부르는 18번으로 가장 자신
있는 노래였다.

두근두근──

떨리는 마음을 진정시키며 첫 번째 연습이 시작됐다.

연습이 끝났다.

다이아몬드 코팅녀는 온몸을 파르르 떨었다.

'마, 말도 안 돼.'

배우가 분명했다.

선배 가수 중에 저렇게 몸이 좋은 사람은 단 한 번도 본
적이 없었다.

만약 선배 가수였다면 기억하고 있었을 것이다.

그런데 처음 가진 연습 무대에서 부른 노래 실력이 어마
어마했다.

프로였다.

게다가 사람의 감정을 잡아끄는 호소력이나 음색 등이 아름답기 이를 데 없었다.

들을 때마다 계속해서 소름이 돋는 걸 보니 자신도 모르게 그가 부르는 노래에 푹 빠져 있었던 것 같았다.

다이아몬드 코팅녀는 녹화방송 때 1라운드에서 그를 이길 수 있을까 하는 생각이 들었다.

자신이 기교에서는 더 낫다고 할 수 있지만 결국 노래라는 것도 사람의 마음을 울리는 것에서 커다란 점수를 얻기 마련이다.

그 점에서 상대는 자신보다 훨씬 더 훌륭했다.

아니, 훌륭하다는 말도 모자랐다.

압도적이었다.

그때 다이아몬드 코팅녀 머릿속을 스치고 지나가는 생각이 있었다.

'이지현, 이지현도 저렇게 노래를 부르는데…….'

이지현, 그녀는 완벽하다.

기교, 발성, 음색 뭐 하나 부족함이 없다.

이미 수많은 가수들이 그녀를 현시대 최고의 디바로 손꼽고 있다.

그런 그녀의 주된 강점이 감정에 호소하는 능력이다.

사람의 감정을 쥐고 흔드는 능력.

그 능력을, 저 남자도 가지고 있었다.

'두 사람이 만약 노래를 부르게 되면…… 듀엣으로 부른다면 어떻게 될까?'

상상이 가질 않는다.

다이아몬드 코팅녀는 새파래진 얼굴로 고개를 숙였다.

자신과 그룹의 이름을 알리고자 마스크싱어에 간신히 나올 수 있었는데 시작부터 커다란 벽을 만난 듯한 기분이었다.

*   *   *

연습은 4일 동안 이루어졌다.

녹화방송 전날까지 각 팀들은 듀엣곡을 연습하고 2라운드, 3라운드에서 부를 노래도 연습했다.

다들 노래 준비에 열성적이었다.

마스크싱어 덕분에 무명에서 인지도를 단숨에 알린 가수들이 여럿 있었다.

자신도 그들처럼 되지 말라는 일은 없었다.

그들 모두 최선을 다하고 있었다.

그러나 단 한 명 다이아몬드 코팅녀는 계속 좌절하고 있었다.

그럴 수밖에 없었다.

날이 갈수록 상대의 실력이 완벽해지고 있었다.

처음 같이 노래를 불렀을 때 무언가 부족했다고 느껴졌던 게 이튿날이 되면 감쪽같이 사라져 있었다. 그리고 그 자리를 채우고 있는 건 완벽함, 그것이었다.

'무슨 사람이 이래. 완전 괴물 아니야?'

자신이 십몇 년 넘게 노력해 온 것을 이 남자는 불과 며칠만에 완성시키고 있었다.

질투가 났다.

부러웠다.

시샘이 났다.

자신도 그렇게 되고 싶었다.

'이게 그 재능의 차이라는 걸까?'

사람은 저마다 주어지는 재능의 그릇이 다르다고 들었다.

지금 자신이 그 재능의 차이를 보는 것 같아 마음 한구석이 씁쓸했다.

그렇게 생각하다 보니 점점 기분이 울적해지고 그러다 보니 노래도 생각보다 더 안 나오기 시작했다.

그때 건형이 그녀한테 다가와서 말했다.

"괜찮아요?"

"네?"

"요즘 들어 기분이 축 처진 듯해서요. 노래 잘 부르는 분이 그러니까 이상하잖아요."

"……저보다 더 잘 부르시잖아요."

"하하, 그건 청중들이 평가할 문제죠. 저는 다이아몬드 코팅녀님의 노래도 정말 좋다고 생각해서요."

"……정말이에요?"

"그럼요. 지현…… 아, 이지현 씨만큼 잘 부르시는 거 같아요."

다이아몬드 코팅녀가 그 말에 몸을 배배 꼬았다.

"어차피 마스크싱어에 나온 건 시청자들하고 방청객들에게 내 노래를 알리고 싶어서 아니었어요? 그러니까 승패에 연연하지 않고 최선을 다해 봐요."

"네, 알았어요. 각오해 두시는 게 좋을 거예요!"

그 뒤 연습이 재개됐다.

독기를 품은 그녀는 확실히 자신의 실력을 되찾아 가고 있었다.

건형은 기대 어린 얼굴로 그녀를 쳐다봤다.

누군지는 어렴풋이 짐작이 가고 있었다.

그녀가 만약 자신의 정체를 알게 된다면 어떤 반응을 보일지도 새삼스럽게 궁금해졌다.

그래도 그녀가 잘 지내고 있는 데다가 노래 실력도 이렇게 일취월장한 걸 보니 마음이 놓였다.

처음에는 그녀 때문에 여러모로 걱정을 많이 했었으니까.

그러는 사이 연습이 전부 다 끝났다.

다들 뿔뿔이 흩어졌다.

내일 있을 녹화방송을 위해 만반의 준비를 갖춰 두기 위함이었다.

건형은 남들보다 조금 더 늦게 지하 주차장으로 내려왔다. 그리고 그는 람보르기니가 아닌 페라리를 타고 집으로 돌아가기 시작했다.

철저한 보안을 위해 어쩔 수 없는 일이었다.

그것 때문에 자동차도 일부러 다른 스포츠카를 타고 다니고 있었다.

집에 도착하자 지현이 그를 반갑게 반겼다.

"요새는 오빠가 저보다 더 바쁜 거 같아요."

"하하, 준비는 다 끝났어. 내일 녹화방송이야."

"잘할 거예요. 그다음 회차 때에는 저도 출연하니까 절대 떨어지면 안 돼요. 위너, 할 수 있죠?"

"음, 위너 하면 선물로 뭐해 줄 건데?"

"선물요? 음, 글쎄요. 선물도 해 줘야 돼요?"

"당연하지. 초짜가 처음 이런 무대에 나가서 우승한다는 게 쉬운 일은 아니잖아."

"……알았어요. 오빠가 원하는 건 뭐든지 하나 들어드릴게요. 그러면 되죠?"

"좋아. 그 정도면 충분하지."

갑자기 의욕이 더욱더 솟구쳤다.

건형이 입가에 미소를 그렸다.

지현은 그런 건형을 보며 한숨을 살짝 내쉬었다.

가끔 건형이 어린아이처럼 느껴질 때가 있었는데 바로 이럴 때였다.

"그리고 녹화방송 끝나면 같이 사랑의 고아원 갔다 오기로 한 거 잊지 마요."

"응, 걱정하지 마. 같이 갈 테니까. 선물도 바리바리 싸들고 다녀오자."

사랑의 고아원.

아버지의 흔적을 찾은 곳.

건형은 오랜만에 그곳에 지현과 함께 가기로 했다.

민수는 여전히 그곳에서 봉사 활동을 하고 있었다.

공무원 시험 준비를 하며 봉사 활동을 하는 중이었는데 이번 공무원 시험은 통과할 수 있을 것 같다고 자신만만해하는 중이었다.

건형이 그의 기억력을 크게 향상시켜 준 게 도움이 된 듯했다.

그리고 이튿날이 됐다.

13주 차 방송을 대비한 녹화방송 날이 다가온 것이다.

이미 무대는 갖춰져 있었다.

또한 가리고 가려 뽑은 백 명의 대중 평가단들도 함께하고 있었다.

거기에 11명의 연예인 게스트도 함께한 상태였다.

이들 111명이 투표를 통해 상위 라운드 진출자를 가리게 되는데 1표라도 더 많이 받은 사람이 진출하는 형식이었다.

대중 평가단은 10대부터 60대까지 골고루, 남녀가 정확히 5:5로 나뉘어져 있었고 연예인 게스트에는 노래와 관련 있는 전문가들이 초빙되곤 했다.

MC 강현석의 소개와 함께 녹화방송이 시작됐고 첫 번째 무대가 펼쳐졌다.

초콜릿걸과 ET맨, 두 사람의 듀엣 무대였다.

초콜릿걸과 ET맨의 듀엣 무대.

훌륭한 무대가 4분 남짓한 시간 동안 펼쳐졌고 연예인 게스트들의 평가가 뒤이었다. 그리고 승자와 패자가 갈렸다.

승자는 64표를 받은 초콜릿걸이었다.

그 이후 계속해서 무대가 이어졌다.

A그룹, B그룹, C그룹까지 무대가 끝이 났고 이제 남은 건 D그룹 하나였다.

진명제 PD는 초조한 얼굴로 무대 위를 지켜봤다.

이번 방송의 메인 디쉬나 다름없는 무대다.

그래서 출연하고자 하는 여자 가수들 중 가장 실력이 빼어난 사람을 붙였다.

아이돌이긴 해도 실력파였고 가상 테스트에서 가장 반응이 좋았던 여자 가수이기도 했다.

"다들 집중하자고. 나중에 예고편으로 내보낼 거 만들어야 하니까 신경 써! 알았지?"

"예!"

다들 신중을 기한 얼굴로 상황을 살폈다.

한편 무대 뒤에 서 있던 MC 강현석은 얼굴을 구겼다.

평소 출연자에 대해서 하나도 빠짐없이 이야기해 주던 진명제 PD가 오늘은 무슨 일인지 한 명에 대해 알려 주질 않았다.

사자탈을 쓰고 있는 남자 참가자였는데 왜인지 그 이유를 그도 듣지 못한 상황이었다.

'도대체 누구길래 저러지? 1라운드에서 떨어지면 바로 마스크 벗어야 할 텐데.'

여자 가수의 프로필은 화려하진 않지만 그녀는 최근 들어 급격히 인지도를 쌓아가고 있는 여자 아이돌 가수였다.

실력만 놓고 보면 웬만한 아이돌 가수 못지않았다.

다만 그게 많은 사람들한테 제대로 알려져 있지 않을 뿐이었다.

업계에서는 이미 그녀의 실력이 대단하다는 이야기가 파다하게 퍼져 있었으니까.

어쨌든 강현석은 자신이 해야 할 일에 충실했다.

"이제 마지막으로 D그룹이 남았는데요. 한번 무대로 불러보겠습니다. 우선 다이아몬드를 정말 사랑하시나 본데요. 다이아몬드를 마스크에 코팅한 다이아몬드 러블리 걸입니다!"

와아아아―

환호성이 쏟아졌다.

늘씬한 맨다리에 아담한 체구가 저절로 보호 본능을 일으키고 있었다.

특히 남자들의 환호성이 어마어마했다.

그 뒤 강현석은 남자를 소개했다.

"밀림의 왕 하면 떠오르는 동물이죠. 사자탈을 쓰고 그가 이곳 마스크싱어에 왔습니다! 마스크싱어의 새로운 왕이 될 수 있을까요? 사자탈입니다!"

크어어엉―

사자 울음과 함께 사자탈을 쓴 훤칠한 키의 젊은 사내가 무대에 올라섰다.

두 사람이 올라오자마자 강현석은 무대 뒤로 빠졌고 곧장 노래 반주가 흘러나왔다.

사람들은 노래 반주를 듣자마자 그 노래를 흥얼거리기 시작했다.

다들 워낙 많이 들었기 때문에 귀에 익숙한 노래였다.

강현석은 눈에 불을 켠 채 남자 가수에 집중했다.

이미 여자 가수가 누군지는 충분히 알고 있었기 때문에 저 남자 가수가 어떻게 노래를 부를지 기대가 됐기 때문이다.

그리고 노래가 시작됐다.

여자 가수가 먼저 잔잔하게 노래에 들어갔다.

멜로디와 함께 여자 가수의 목소리가 순식간에 이 안을 장악했다.

파워풀하고 힘이 넘치는 목소리.

그 이후 남자 파트가 됐다.

사람들이 기대에 찬 눈길로 건형을 바라봤다.

그는 과연 어떤 무대를 보여 줄까?

건형이 마이크를 들어 올리고 노래를 불렀다.

처음에는 담담하게, 그리고 점점 더 격정적으로.

감정을 담아 호소하듯 노래를 불렀다.

그러면서 사람들은 자신의 마음이 하나둘 그에게 이끌리는 것을 느끼기 시작했다.

뭐랄까.

누군가에게 그대로 빨려 들어가는 것만 같았다.

사람의 혼을 빨아들인다고 할까?

건형은 사람들을 자신을 향해 몰입시키게 만들며 다이아몬드 코팅녀가 장악했던 무대를 자신의 것으로 만들었다.

그렇게 4분 넘게 두 사람의 앙상블이 이어졌다.

처음에는 거칠게 부딪쳤던 두 사람이 듀엣 파트에 이르러서는 완벽한 하모니를 이뤄 내며 서로 부드럽게 조화됐다.

그 이후 클라이막스에 이르렀을 때 그것이 폭발했다.

전율이었다.

충격적인 무대.

반주가 끝나고 노래가 끝이 났는데도 불구하고 누구 하나 입을 열지 못했다.

1분.

1분 넘게 이 자리에 모인 모든 사람들이 침묵하고 있었다.

비단 그들만이 그런 게 아니었다.

지금 무대를 녹화하고 있는 카메라맨이나 PD, 작가 모두 다 소위 말하는 멘붕 상태에 빠져 있었다.

두 사람의 압도적인 무대에 자신도 모르게 정신을 잃어버린 것이다.

뒤늦게 정신을 차린 진명제 PD가 다급히 소리쳤다.

"컷! 컷하라고! 현석이는 뭐 하고 있어?"

강현석이 뒤늦게 정신을 차렸다.

그가 다급히 무대 위로 올랐다. 그리고 마이크를 쥔 채 말했다.

"여러분? 노래 끝났습니다."

하나둘.

깨어났다.

그리고 그들 모두 어리둥절해하다가 자리를 벌떡 박차고 일어나더니 박수갈채를 보내기 시작했다.

기립 박수였다.

백 명이 한마음으로 박수갈채를 보내고 있었다.

개중에서 심성이 여린 몇몇은 눈물을 소매로 훔치고 있었다.

그들뿐만 아니라 연예인 게스트들도 하나같이 기립 박수를 보내는 중이었다.

모든 사람들이 똑같은 감정을 공유하고 있었다.

환희, 즐거움, 기쁨, 감동.

그런 플러스적인 에너지들이 이 안을 가득 메웠다.

진명제 PD가 입가에 미소를 그렸다.

지금 반응만 봐도 알 수 있었다.

이것은 대박이었다.

"피디님, 이거 대박이에요."

메인 작가가 그런 진명제 PD에게 쐐기를 박았다.

이것은 무조건 대박이었다.

강현석이 무대 위로 올라온 다음 방청객들을 진정시켰다.

"다들 놀라셨죠? 저도 진짜 순간 천당 갔다 온 줄 알았어요. 아, 참고로 저는 불교신자입니다. 하하, 극락정토라고 해야 할까요? 여하튼 최고의 무대를 보여 준 두 분께 다시 한 번 박수 부탁드립니다."

짝짝짝—

한 번 더 기립 박수가 쏟아졌다.

그렇게 장내를 어느 정도 환기를 시킨 뒤 강현석이 연예
인 게스트 한 명을 쳐다보며 물었다.

그는 최근 트렌드를 주도하고 있는 작곡가 중 한 명이었다.

"김홍태 씨, 어떻게 들으셨습니까?"

"정말…… 정말 이건 말로 표현할 수 없을 만큼 대단했습
니다. 두 분, 뭐 하는 분들이시죠? 저는 여자분은 누군지 어
렴풋이 짐작이 가긴 가는데 남자분은 도대체 뭐 하는 분인
지 모르겠습니다."

"예? 여자분이 누군지 안다고요? 정말이십니까?"

"예. 여자분은 아이돌 가수일 겁니다. 아직 이름이 알려
지지 못한 아이돌 그룹의 메인 보컬일 거예요. 그러나 남자
분은 모르겠습니다. 사실 저는 처음에 남자분이 배우인 줄
알았거든요."

겉으로 보기에 건형은 충분히 배우라고 볼 만했다.

큰 키에 딱 벌어진 어깨, 단단한 근육질 몸매, 배우나 모
델을 해도 충분했기 때문이다.

"음, 그룹 엘릭서의 엘 씨? 어떻게 보셨죠?"

"와, 진짜 장난 아니었습니다. 마지막 하모니에서 진짜 소름 돋는 줄 알았어요. 누군지는 모르겠지만 정말 존경합니다. 여자분, 나중에 저하고 피처링 한번 안 하실래요?"

"하하, 그것은 소속사끼리 결정할 문제고요. 음, 이명석 씨는 어떻게 들으셨죠?"

원로 가수 이명석이 마이크를 잡았다.

"일단 여성분, 목소리가 대단히 파워풀하네요. 요즘 아이들한테서 들을 수 없는 매력 있는 목소리였습니다."

"하하, 이명석 씨가 보기엔 아이들이라고 할 만합니다. 남자분은 어떠셨죠?"

"음, 본래 직업은 가수가 아닌 거 같긴 합니다. 그런데 정말 완벽했습니다. 사실 흠잡을 만한 부분이 전혀 없더군요. 게다가 사람의 혼을 잡아 빼서 가둬 버리는 듯한 그 몰입력, 정말 대단했어요. 제 밴드로 들어와 달라고 부탁하고 싶을 정도입니다."

"헉, 그 정도란 말입니까?"

이명석은 국내에서 가장 유명한 락 밴드 중 한 곳의 기타리스트이기도 했다.

그런 그가 정식으로 건형한테 스카웃 제의를 한 셈이다.

건형은 그 모습에 쓴웃음을 지어 보였다.

물론 마스크에 숨겨져 있기 때문에 보이진 않을 테지만.

"그런데 한 가지 문제가 생겼다고 합니다. 투표를 제때 누르지 않은 분들이 많다고 하는데요. 투표를 아직 못하신 분들은 빨리 투표를 해 주시길 바랍니다."

혼이 나가 있던 몇몇 방청객들과 연예인 게스트들이 뒤늦게 투표에 참여했다.

"자, 투표가 종료됐습니다. 이제 투표 결과를 봐야 하는데…… 이거 놀랍네요."

"뭐가 놀라운 거죠?"

강현석이 머리를 긁적이며 말했다.

"압도적이네요. 다이아몬드 코팅녀가 7표, 사자탈이 104표입니다! 사자탈 씨, 정말 수고하셨고요. 다이아몬드 코팅녀 양은 마스크를 벗어 주셔야겠네요. 이거 아쉽습니다."

압도적인 결과였다.

104 : 7.

진명제 PD도 혀를 내둘렀다.

이 정도로 완벽한 무대를 보여 준 한 쌍이었는데 투표 차이는 극과 극이었다.

그만큼 건형이 사람들의 마음을 지배했다는 것을 볼 수 있었다.

다이아몬드 코팅녀는 2라운드 때 부르려고 했던 노래를 부르기 시작했고 무대가 끝나 갈 무렵 마스크를 벗었다. 그리고 환호성이 쏟아져 나왔다.

강현석도 신나게 그녀를 소개했다.

그렇게 1라운드 무대가 모두 녹화됐고 잠시 쉬는 시간이 주어졌다.

그동안 참가자들은 휴게실에서 쉬고 있었고 연예인 게스트들은 그런 참가자들을 찾아다니고 있었다.

그러다가 그들이 우르르 몰려온 곳이 있었다.

사자탈 마스크를 쓴 건형이 쉬고 있던 휴게실이었다.

그런데 그 앞은 경호원들이 철통같이 지키고 서 있었다.

"아, 잠시 이야기만 좀 나눈다니까요? 네?"

"저기 잠깐 이야기만 할 수 없겠나?"

대부분의 게스트들이 그 안으로 들어가려고 발버둥 치고 있었다.

급기야 이명석은 경호원에게 명함 한 장을 꺼내 건넸다.

"있다가 녹화 끝나면 연락 좀 해 달라고 전해 주겠나?"

아비규환이 펼쳐진 이곳에 진명제 PD가 뒤늦게 도착했다.

"아니, 다들 여기서 뭐 하고 계신 겁니까?"

"진 피디님, 너무하시는 거 아닙니까? 잠깐 안면 좀 틉시다. 네?"

유명 작곡가이자 영세 엔터테인먼트의 사장으로 있는 게스트 한 명이 칭얼거렸다.

"죄송합니다. 절대 이분의 신원을 공개할 수 없게 되어 있습니다."

"……아니, 그러다가 다음 라운드에서 떨어지시면 어떻게 하려고 그래요?"

"일부러 떨어트리실 겁니까?"

"그게 말이 된다고 생각하십니까? 아까 전 투표 차이 보셨잖습니까? 저는 저분이 위너가 될 거라고 확신하는데요?"

"……그러니까 알려드릴 수 없다는 겁니다."

"아, 진짜 너무하네. 누군지 알아야 스카웃을 하든 말든 할 거 아닙니까? 어휴."

그들 모두 노리는 건 하나였다.

건형과의 접촉.

그들은 알고 있었다.

건형이 지현 못지않은 음원 파워를 가지고 있다는 것을.

당연히 그를 탐낼 수밖에 없었다.

어쨌든 그렇게 한바탕 소란이 끝나고 2라운드, 3라운드가 연달아 이어졌다.

그때마다 건형은 파죽지세로 2라운드, 3라운드 상대를 꺾었다.

그럴 때마다 정체가 공개됐는데 의외의 실력자들이 생각 외로 포함되어 있었다.

그리고 마지막 위너와의 대결.

이 대결에서도 건형은 승리를 거머쥐었다.

표 차이는 23표.

67표 대 44표였다.

그렇게 13주 차, 14주 차 방송을 대비한 녹화방송이 모두 종료됐다.

방청객들은 기분 좋은 얼굴로 귀가를 서둘렀다.

다른 사람은 방송을 봐야 알 수 있는 귀한 정보를 자신들만 독점할 수 있다는 생각에서였다.

그리고 13주 차 방송 당일이 됐다.

이미 연예계는 정체를 전혀 알 수 없는 신성이 등장한 것으로 인해 화제가 되고 있었다.

진명제 PD가 방송 시작하기 전부터 계속해서 예고편을 홍보했고 그 홍보가 완벽하게 먹혀 들은 덕분이었다.

그렇게 사람들의 기대를 한 몸에 안은 채 마스크싱어 13주 차 방송이 시작됐다.

Chapter. 02

마스크싱어 13주차 방송이 시작되기 전부터 인터넷은 이미 들끓고 있었다.

마스크싱어 제작진이 뿌려 놓은 수많은 떡밥과 예고편들 때문이었다.

마스크싱어 제작진들은 이번에 위너가 바뀔지도 모른다며 다양한 떡밥을 뿌렸고 역대 최고의 듀엣 무대라는 평가가 현장에서 터져 나왔다며 스포일러가 될 수 있는 소문을 이리저리 흩뿌려 둔 상태였다.

그래서일까.

예고편을 보고 호기심을 이기지 못한 시청자들은 주말 저녁 나들이를 포기하고 텔레비전 앞에 앉아 있었다.

건형과 지현 두 사람도 텔레비전 앞에 자리하고 있었다.

지현은 몇 번이고 건형한테 녹화방송 결과에 대해 물었지만 그때마다 건형은 녹화방송 결과가 어떻게 됐는지 대답해 주질 않았다.

그러다가 결국 직접 방송을 볼 수밖에 없게 된 것이었다.

"오빠, 내가 쇼핑하러 가자고 한 거 때문에 일부러 대답 안 한 거죠?"

"……그럴 리가 없잖아."

건형이 어색하게 웃어 보이며 말했다.

지현은 요 며칠 전부터 같이 쇼핑하러 백화점을 가자는 말을 자주 하고 있었다.

그러나 두 사람, 정확히 이야기하면 지현이 워낙 바쁘다 보니 시간을 내는 게 어려웠다.

지현의 솔로 2번째 앨범은 내일 자정에 발표될 예정이었다.

그렇다 보니 그녀도 눈코 뜰 새 없이 바빴다.

음반 작업은 마무리됐지만 그 이외에도 팬클럽을 챙기고 이것저것 소소한 이벤트들을 준비하느라 바빴기 때문이다.

지현은 특히 이런 부분에 있어서는 자신이 할 일을 다른 사람에게 양보하지 않는 성격이다 보니 자연스럽게 할 일이 많아질 수밖에 없었다.

그렇다 보니 결국 시간이 남는 날은 이번 주 일요일밖에 없었다.

앨범 발매 전날이고 그 전날까지 일은 얼추 마무리될 것으로 생각돼서였다.

그런데 건형이 출연한 마스크싱어 13주차 방송이 하는 날이다 보니 이렇게 집안에 틀어박혀 있을 수밖에 없었다.

녹화방송이 어떻게 됐을지 궁금했던 지현이 쇼핑을 포기하고 방송을 보기로 결정했기 때문이다.

"쳇, 위너 못 되기만 했어 봐요. 가만 안 둘 거예요."

귀엽기만 한 지현의 협박을 뒤로한 채 건형은 방송을 집중해서 쳐다봤다.

먼저 MC 강현석의 프로그램 소개 이후 그룹A부터 시작해서 차례차례 경연이 시작됐다.

그룹A 남녀 혼성 듀엣의 노래를 듣던 지현이 싱글벙글 웃으며 말했다.

"누군지 너무 뻔하다."

"응? 바로 알겠어?"

"당연하죠. 일부러 숨기면서 불러도 어느 정도 티가 다

나거든요."

건형이야 완전기억능력을 토대로 해서 상대가 누군지 파악하고 있었지만 지현은 절대음감을 통해 상대를 파악하고 있는 셈이었다.

그 사람의 발성, 호흡, 버릇 이런 것들을 참고해서 알아내고 있었으니 말이다.

어쨌든 그렇게 라운드가 진행될 때마다 다음 라운드 진출자가 가려지고 진출하지 못한 사람들은 노래를 부르던 도중 마스크를 벗으면서 자신의 정체를 공개했다.

그럴 때마다 연예인 판정단을 비롯한 방청객들은 화들짝 놀란 모습을 보이곤 했다.

그것은 시청자들도 마찬가지였다.

그렇지만 여태 있었던 세 번의 경연은 애피타이저에 불과했다.

진짜 메인 디쉬는 마지막 4라운드였다.

또한 마스크싱어의 제작진들이 가장 야심 차게 준비해서 만들었던 예고편을 이제 시청자들에게 제대로 공개하는 라운드이기도 했다.

MC 강현석이 목소리를 높였다.

"이제 마지막으로 D그룹이 남았는데요. 한번 무대로 불러

보겠습니다. 우선 다이아몬드를 정말 사랑하시나 본데요. 다이아몬드를 마스크에 코팅한 다이아몬드 러블리 걸입니다!"

그 말이 끝나고 한쪽 코너에서 마스크에 다이아몬드를 덕지덕지 붙인 가수가 올라왔다.

가냘픈 몸매에 남자들의 환호성이 쏟아졌다.

지현이 눈매를 좁혔다.

"흐응, 아이돌인데……."

그때 MC 강현석이 재차 말을 이었다.

"우리 다이아몬드 러블리 걸과 함께 듀엣곡을 부를 가수분을 소개하겠습니다. 자, 밀림의 왕 하면 떠오르는 동물이죠. 사자탈을 쓰고 그가 이곳 마스크싱어에 왔습니다! 마스크싱어의 새로운 왕이 될 수 있을까요? 사자탈입니다!"

크어어엉―

사자 울음이 먼저 흘러나왔고 그다음 사자탈을 쓴 훤칠한 사내가 올라왔다.

그를 본 지현이 입가에 미소를 띠었다.

"우리 오빠, 저렇게 마스크 쓰니까 못 알아보겠네?"

"여자는 누군지 알겠어?"

"음, 노래를 들어 보면 알 거 같긴 한데……."

그러는 사이 두 사람의 무대가 시작됐다.

싫은 소리.

지현이 말했다.

"이거 남자가 부르기엔 좀 어려운 노래인데. 남자가 돋보이는 파트도 없고. 사실상 여자 솔로곡이나 다름없는데 왜 이런 노래를 선곡한 거예요?"

"글쎄. 잘 들어 봐."

그리고 다이아몬드 러블리 걸이 마이크를 잡고 잔잔하게 노래를 시작했다.

깔끔한 도입부에 절절한 호소력.

지현이 가볍게 감탄을 냈다.

"잘 부르네."

계속해서 노래가 이어졌다.

그리고 이번에는 사자탈의 차례가 됐다.

파워풀하면서도 사람의 마음을 잡아 뒤흔드는 듯한 노래에 지현은 자신도 모르게 얼굴을 붉혔다.

그것은 그녀뿐만 아니라 여성 방청객들 모두 다 비슷한 반응을 보이고 있었다.

그렇게 클라이맥스에 이른 노래가 마무리되었을 때 지현이 건형을 쳐다봤다.

"언제 그렇게 연습한 거예요?"

"나 백수잖아. 남는 게 시간인데 뭘."

"와, 오빠 진짜 잘 부른다. 나중에 나하고 듀엣곡 한번 부르면 안 돼요?"

"안 될 게 뭐 있어. 다이아몬드는 누군지 알 거 같아?"

"네. 한동안 조용해서 뭐하나 했는데 여기 출연했었구나. 휴, 쟤는 오빠가 사자탈인 거 알아요?"

"아마 모를 거야."

"그래요?"

그렇게 역대급 듀엣 무대로 평가받는 두 사람의 '싫은 소리' 가 끝났다.

방청객들은 물론 연예인 판정단들도 숨을 죽인 채 1분 동안 아무 말도 하지 못하고 있었다.

너무나도 감동스러운 무대였다.

그리고 그 감동이 그들을 그대로 앗아가 버린 것이다.

화면 아래 자막이 한 줄 흘러나왔다.

〈연출이 아닙니다. 실제로 1분 동안 다들 얼어 있었습니다.〉

뒤늦게 강현석이 걸어 나왔다.

"아, 정말 대단한 무대였습니다."

그제야 사람들이 정신을 차렸고 박수갈채가 쏟아지기 시작했다.

지현은 뭉클해진 얼굴로 건형을 보며 말했다.

"진짜 기분 좋았겠다. 다들 기뻐하는 게 눈에 보여."

"그러게."

그리고 투표가 집계되기 시작했다.

그리고 투표 결과가 공개됐다.

104 대 7.

압도적인 표 차이였다.

"그럴 만해요. 오빠가 정말 잘 불렀거든요. 쟤도 잘 불렀지만……."

결과가 끝나고 사자탈 가면은 먼저 무대를 퇴장했다.

무대에 남은 건 다이아몬드 러블리 걸이었다.

강현석이 다이아몬드 러블리 걸을 쳐다보며 물었다.

"아쉬우시겠어요. 괜찮으십니까?"

"네. 괜찮습니다."

"정말이신가요?"

"네. 진짜 후회 없는 듀엣 무대를 했던 거 같아요. 만약 제가 마스크싱어에 나오지 않았다면 이런 무대는 절대 할 수 없었을 거예요. 정말, 진심으로 감사드립니다."

"좋습니다. 그러면 다이아몬드 러블리 걸은 노래를 준비해 주시길 바랍니다."

그리고 다이아몬드 러블리 걸의 솔로곡이 시작됐다.

그녀가 부른 노래는 뜻밖에도 지현의 솔로 1집 앨범 타이틀 곡이었다.

다이아몬드 러블리 걸이 부르는 노래를 들으며 지현은 자신도 모르게 생각에 잠겨 가고 있었다.

그렇게 노래가 1절 끝나고 간주가 흘러나올 때 강현석이 소리쳤다.

"다이아몬드 러블리 걸은 마스크를 벗어 주시고 정체를 공개해 주십시오!"

그와 함께 다이아몬드 러블리 걸이 마스크를 시원하게 벗었다.

그때 그녀를 본 청중들의 눈이 일제히 휘둥그레졌다.

믿기지 않는 일이었다.

그것은 연예인 판정단도 시청자들도 마찬가지였다.

얼굴을 보인 건 갓 스무살 정도 되어 보이는 아주 어린 여자아이였기 때문이다.

"네, 다이아몬드 러블리 걸은 걸그룹 슈퍼스타의 메인 보컬 이혜미 양이었습니다!"

MC 강현석이 그녀의 정체를 공개했다.

드림 엔터테인먼트가 야심 차게 만들어 낸 걸그룹 슈퍼스타.

그녀는 걸그룹 슈퍼스타의 메인 보컬 이혜미였다.

또 그녀는 호시탐탐 건형을 노리던 지현의 연적이기도 했다.

물론 이후 골드코스트에서 건형에 대한 마음을 깔끔히 접어 버리긴 했지만.

어쨌든 같이 녹음을 할 때 건형도 적지 않게 당황했던 게 사실이었다.

그도 그럴 것이 함께 연습하고 녹화방송을 했던 게 한때 자신을 짝사랑하던 이혜미였으니까.

그래서일까.

그녀의 정체가 공개된 뒤 지현이 눈에 불을 켜고 건형을 쳐다봤다.

"어땠어요? 짝사랑해 주던 애하고 듀엣곡 부르니까 좋았어요?"

"무, 무슨 소리야. 나도 맨 처음에는 혜미인지 몰랐어."

"혜미가 아니라 이혜미요!"

"아, 그래. 어쨌든 나는 이혜미한테 아무 감정도 없다는 거 잘 알잖아."

"치. 너무해. 그래도 말해 줬어야죠."

"너 깜짝 놀라는 거 보고 싶었거든."

"됐어요. 저 잠깐 통화 좀 하고 올게요."

그리고 지현은 총총걸음으로 방 안으로 쏙 들어가 버렸다.

그러는 동안 마스크 싱어 13주차 방송은 끝이 난 뒤였다.

다음 14주차 방송 예고편에서는 위너가 바뀔 수 있을지 없을지 그 부분을 은근슬쩍 보여 주고 있었다.

사자탈 가면과 기존에 위너를 연달아 차지했던 붉은 닭벼슬 가면.

둘 중 누가 다음 위너가 될지 관심이 갈 수밖에 없었다.

그러는 동안 지현이 전화를 건 것은 이혜미였다.

몇 차례 연결음이 지나가고 이혜미가 연락을 받았다.

[오랜만이네? 무슨 일이야?]

"방송 보고 전화했어."

[아, 마스크싱어 봤구나. 노래 어땠어?]

"잘 부르더라. 실력이 많이 늘었네."

[흥! 너한테 칭찬받아 봤자 별 관심 없거든. ……건형 오빠는?]

"지금 텔레비전 보고 있어. 왜? 바꿔 줄까?"

[아니, 됐어. 목소리 안 듣는 게 더 나을 거 같아. 그보다 무슨 일이야? 그냥 방송 보고 전화한 거야?]

"그것도 있고 굳이 내 타이틀 곡을 왜 부른 건지 궁금해서."

[너 내일 자정에 두 번째 솔로 앨범 공개한다며. 그래서 겸사겸사 친구로서 응원해 준 거야. 대박 나라고.]

"……고마워."

[됐어. 건형 오빠한테나 잘해. 너가 잘 못 하면 내가 확 훔쳐가 버릴 거니까.]

"너 진짜!"

[농담이야, 농담. 약혼까지 했다며. 쳇, 잘 먹고 잘살아. 나 이만 끊을게. 실장님이 불러.]

"그래, 나중에 봐."

[응.]

전화를 끊은 뒤 지현은 가슴을 길게 쓸어내렸다.

마음 한구석이 뻥 뚫린 것처럼 후련했다.

뭐랄까.

그동안 묵혀 왔던 온갖 갈등 같은 것들이 한 번에 싹 씻겨 내려가고 있었다.

이튿날 지현의 2집 앨범이 음원 사이트를 강타했다.

말 그대로 폭격이었다.

그녀 2집 앨범에는 모두 6곡이 수록되어 있었다.

전부 다 지현이 작사, 작곡한 노래로 이미 음원 차트를 줄 세우기 하는 중이었다.

새벽녘 잠들지 않고 음원 차트를 확인하던 에스뜨레야 엔 터테인먼트의 사장 장홍철이 한숨을 길게 내쉬었다.

며칠 전 신인 보이 그룹을 런칭시켰다. 자신만만하게 내 놓았고 나름 성적도 좋았다.

음원 1위도 차지했고 팬덤도 단단히 형성 중이었다.

그런데 삼일천하도 아닌 이틀천하였다.

이틀 동안 음원 1위를 하다가 지현이 솔로 앨범을 발표하 자마자 말 그대로 처참하게 박살이 났다.

음원 순위가 순식간에 7위로 밀려났다.

1위부터 6위까지 전부 다 이지현의 솔로 앨범에 수록된 곡이 차지하고 있었다.

"휴, 매번 이렇게 전전긍긍할 수도 없고."

적어도 전략적으로 어느 정도 공유를 해야 했다.

원래 이지현처럼 파괴력 있는 가수가 솔로 앨범을 낸다고 하면 이 바닥에 소문이 퍼지기 마련이고 저마다 그 태풍을 피해서 틈새시장을 노리게 된다.

그러나 누구도 이지현이 이때 솔로 앨범을 갑자기 낼 것이라고는 예측하지 못했다.

그룹 플뢰르 활동이 끝난 지 보름도 안 지났었기 때문이다.

어느 정도 휴식을 취할 줄 알았는데 이렇게 곧장 발표하리라고는 생각지도 못한 결과였다.

"몇 주 동안 1위를 하려나."

어차피 저 6곡 중에서 사랑받는 노래가 몇 곡 있을 테고 그 사랑받는 노래가 1위를 차지할 터.

관건은 몇 주 동안 1위를 유지하냐는 점이다.

"지난번 솔로 앨범 1집 냈을 때 6주 연속 1위였던가?"

6주 연속 1위.

그 한 달하고 보름 동안 적지 않은 가수가 피해를 봤다.

음원 파워를 실질적인 인기도의 척도로 판단하는 지금 음원 1위를 6주째 고수했다는 건 그만큼 다른 가수가 접근할 수 없다는 이야기니까.

"태풍은 피해 가야 하는 법이지. 당분간 몸을 수그린 채 피해 있을 수밖에……."

뜬눈을 지새운 채 음원 차트를 확인하던 장홍철은 단숨에 12위까지 떠오른 곡을 보며 눈빛을 빛냈다.

어제 마스크싱어에서 남녀 가수가 듀엣으로 부른 '싫은

소리'가 12위를 차지하고 있었다.

얼마나 그 노래가 좋았으면 원곡 가수들보다 더 낫다는 평가가 종종 이어질 정도였다.

특히 남자 가수가 기존 가수보다 훨씬 듣기 좋고 사람의 마음을 울린다는 평이 자자했다.

"이 남자는 도대체 누구지?"

장홍철 역시 마스크싱어를 즐겨 보는 애청자였다.

트렌드에 뒤처지지 않으려면 끊임없이 연구를 하고 발전 해야 했다.

마스크싱어는 최근 트렌드를 주도하고 있는 음악 프로그램이었다.

그도 에스쁘레야 엔터테인먼트 소속 가수들을 몇 차례 마스크싱어에 내보내려고 했다.

그럴 때마다 이미 대기자가 꽉 차 있어서 적지 않은 시간이 걸린다는 답변만 받았을 뿐이다.

드림 엔터테인먼트나 다른 엔터테인먼트에서 사전에 줄을 대고 있었다는 이야기다.

그런데 이 남자는 조금 특이했다.

자신이 아는 엔터테인먼트 관계자들에게 죄다 물어봤지만 그를 아는 곳이 한 곳도 없었다.

레브 엔터테인먼트를 제외한 대부분의 엔터테인먼트에 물어봤으니까 말이다.

자신의 기획사 소속 가수라고 아니라고 하니 장홍철도 어찌할 방법이 없었다.

레브 엔터테인먼트에 전화를 걸어 물어보고 싶었지만 그는 애초에 정명수를 썩 좋아하지 않았다. 운이 좋고 사람을 잘 만나서 레브 엔터테인먼트가 커졌을 뿐 정명수 사장의 장사 수완은 별로라고 평소 생각해 왔기 때문이다.

"휴, 만약 무소속이면 우리 엔터테인먼트로 데려왔으면 싶은데. 이지현의 대항마로 딱 괜찮은데 말이야. 게다가 얼굴까지 잘생겼으면 금상첨화고."

장홍철이 꿈같은 상상을 할 무렵 그가 영입하고 싶어 하는 남자 가수는 지현과 함께 달콤한 꿈나라를 걷고 있었다.

아침에 일어난 뒤 건형은 음원 차트를 확인하고 지현에게 축하 인사를 건넸다.

"축하해. 1위부터 6위까지 다 휩쓸었네?"

"어차피 오래 못 갈 거예요. 몇몇 좋아하는 노래만 상위권에 남고 나머지는 떨어질 테니까요."

"냉정하네?"

"저도 프로니까요. 그보다 오빠하고 혜미가 같이 부른 노래도 7위에 안착했던데요? 만약 제가 솔로 앨범 발표 안 했으면 오빠 1위하고도 남았을 거 같아요."

"에이, 또 얼굴에 금칠한다. 그런데 너 오늘 어디 가?"

건형보다 더 먼저 일어난 지현은 부지런히 준비를 서두르고 있었다.

지현이 웃으며 말했다.

"마스크싱어 15주차, 16주차 녹화방송하러 가요."

"아, 맞다. 오늘 녹화가 있다고 했지?"

"네. 사정이 있어서 조금 앞당기신다고 하시더라고요. 그러면 저 녹화하고 올게요."

"응. 잘 다녀와."

지현이 김정호 매니저의 밴을 타고 먼저 떠난 사이 건형도 준비를 서둘렀다.

오늘은 지혁을 만나기로 한 날이었다. 그리고 그 자리에 헨리 잭슨 교수도 함께하기로 되어 있었다.

람보르기니를 끌고 건형이 향한 곳은 강남의 한 호텔 레스토랑이었다.

레스토랑에 도착하자 지배인이 그를 반갑게 맞이했다.

"어서 오십시오. 예약이 되어 있으시죠? 이쪽으로 안내해 드리겠습니다."

이미 자리에는 지혁과 헨리 잭슨 교수가 와서 그를 기다리고 있었다.

　　"너무 일찍 오신 거 아니에요? 저도 나름 부지런히 출발했는데……."

　　"괜찮아. 아직 아침 안 먹었지? 브런치로 간단히 먹자."

　　"아, 예. 그동안 잘 지내셨습니까? 교수님?"

　　"하하, 나야 뭐 강단을 이곳저곳 돌아다니느라 바쁘지. 그래도 필즈상 수상 경력 때문인지 찾는 곳이 많아서 다행이라네. 지난번에는 서울 소재의 한 대학에서 교수 자리를 제안하더군."

　　"받아들이셨습니까?"

　　"거절했네. 하버드 대학교에 아직 내 자리가 남아 있으니까 말일세. 조만간 다시 돌아갈 생각이라네."

　　"일루미나티가 마음에 걸리지 않으십니까?"

　　"그게 마음에 걸리긴 하지만 내 주변 동료들이 나를 도와주지 않을까 싶네만."

　　"교수님, 그 부분은 다시 생각해 보시는 게 낫지 않겠습니까?"

　　"그렇지만 가족도 하버드 대학교에 있고…… 언제 돌아올 거냐고 다들 걱정이 이만저만이 아니라서 말이야."

"휴, 그러면 저한테 말미를 주시겠습니까? 조만간 뉴욕에 한번 갔다 올 생각입니다."

스크램블 에그를 먹고 있던 지혁이 눈을 휘둥그레 뜨며 건형을 바라봤다.

"야! 그게 무슨 말도 안 되는 소리야? 왜 네가 뉴욕을 가?"

"마스터 하고 만나기로 했습니다. 겸사겸사 따로 만날 사람도 있고요."

"너 설마 혹시……."

"형이 생각하는 그게 맞아요. 어쨌든 프로페서 잭슨, 제가 뉴욕에 가서 마스터한테 한번 이야기를 해 보겠습니다."

"나 때문에 괜히 수고를 끼치는 것 같군."

"아닙니다. 헨리 잭슨 교수님은 오래전부터 저를 도와주셨는데요. 저야말로 이렇게라도 돕게 돼서 다행입니다."

"감사합니다."

브런치가 끝나고 헨리 잭슨 교수는 먼저 자리를 떠났다.

그는 다시 한 번 건형에게 부탁한다는 말을 건넸다.

적지 않게 가족을 보고 싶었던 모양이었다.

그렇게 헨리 잭슨 교수가 떠나고 지혁이 건형을 보며 물었다.

"정말 갔다 올 생각이야?"

"예, 그래야죠. 꼬인 매듭을 풀어야 하니까요."

"일루미나티는 어떻게 할 거야? 전쟁? 평화?"

"굳이 그들과 싸울 이유가 있나 해서요. 제가 지금 세 조직 사이에 아슬아슬하게 끼인 상황인데…… 번거로운 일은 일단 싫어하거든요. 무엇보다 언제까지 왔다 갔다 할 수는 없잖아요. 일루미나티가 제가 요구하는 조건을 받아들인다면 충분히 그럴 생각이 있어요."

"그래, 결정은 네가 해야지. 알았다. 잘 생각해서 해라."

"네. 그보다 무슨 급한 일 있는 건 아니죠?"

"응. 아르고스는 거의 다 완성됐어. 조만간 한 번 더 테스트 들어가려고. 그리고 첩보에 따르면 장형철이 요새 만나고 다니는 사람이 많더라고. 거기에 그 정인호하고 정찬수였나? 그 사람들도 자주 만나고 있어. 아무래도 무언가 터트리려는 모양이야."

"강해찬이 뒤에서 시킨 일이겠죠. 무슨 일인지 알게 되면 연락해 줘요."

"그래. 항상 몸조심해. 언제 어떻게 나올지 모르는 놈들이야."

"예. 형."

"다음에 보자."

건형은 시간을 확인해 보다가 슬슬 방송국으로 향했다.

그도 오늘 녹화를 한 편 해야 했다.

다만 마스크싱어 15주차, 16주차 녹화방송이 얼추 끝나 갈 때쯤 하기로 해서 천천히 향한 것이다.

람보르기니를 타고 방송국에 도착하자 몇몇 사람들이 그를 알아봤다.

일부 아이돌 팬들처럼 극성스러운 팬들이 있는 건 아니었다.

그를 알아본 건 방송국 관계자들이었다.

"왜 온 거지?"

"글쎄? 아까 이지현이 방송국에 왔다고 하던데? 그거 때문에 그런 거 아니야?"

"진짜 잉꼬부부네. 결혼한다는 말 없어?"

"그건 모르겠고 사실 거의 결혼한 거나 다름없지 않나? 같이 산다는 이야기가 있던데?"

"그래? 그럼 동거 중인 건가?"

수군거리는 사람들을 뒤로한 채 건형은 방송국 안으로 들어왔다.

인터넷의 발달과 함께 사람들은 정보를 빠른 속도로 습득할 수 있게 됐다.

그러면서 개개인의 사생활은 점점 더 보호받지 못하게 됐고 특히 연예인들의 사생활은 일거수일투족이 엄청 많이 노출되어 있었다.

일부 극성팬, 소위 말하는 사생팬들은 몰래 방송국에 침입해서 자기가 응원하는 가수의 소장품을 훔쳐 가기까지 했었으니까.

건형은 그런 사생팬이 생겨나길 바라지 않고 있었다.

만약 그런 사생팬이 생긴다면?

확실히 곤란해질 것 같았다.

여하튼 방송국에 도착한 뒤 건형은 마스크싱어 대기실로 향했다. 메인 작가가 그를 반갑게 반겼다.

"어서 오세요. 지현 씨 보러 오셨나 봐요?"

"아, 예. 잘하고 있나요?"

"그럼요. 지금 최종 라운드 진행 중이에요. 그보다 그 사람은 왜 이렇게 안 오는 거지?"

"누구요?"

"아, 이번 위너요. 피디님은 누군지 말도 안 해 주고. 진짜 답답해 죽겠어요. 매니저 연락처라도 알아야 전화를 하는데 매니저도 없이 혼자 움직인다고 하니······."

"곧 오겠죠. 진명제 PD님은 어디 계신가요?"

"잠시만요. 연락해 드릴게요."

잠시 뒤 진명제 PD를 만난 건형이 물었다.

"진짜 아직도 이야기 안 하신 겁니까?"

"하하, 이야기할 정신이 있어야죠. 그리고 여태 숨겨 왔는데 인제 와서 밝히는 것도 좀 그렇지 않습니까? 자자, 준비하고 올라갑시다. 최종 라운드도 끝났고 이제 마지막 녹화만 뜨면 됩니다."

"지현이는 이미 간 건가요?"

"아, 내 정신 좀 봐. 미리 말씀을 못 드렸네요. 이번 결승전은 조금 특별하게 준비해 볼까 해서 방식을 바꿨습니다. 기존에 위너가 따로 노래를 한 곡 부르는 거였다면 이번에는 위너하고 도전자가 같이 듀엣을 하기로 했습니다. 즉석에서 연습 없이 듀엣하는 걸로요. 그래도 괜찮으시겠죠?"

"연습도 없이 그냥 바로입니까?"

"예. 그게 더 임팩트 있지 않을까 해서요. 연습 시간이 필요하시다면 약간 시간을 드릴 수 있긴 합니다."

"흠, 아닙니다. 곧장 진행하겠습니다."

노래방에서도 그렇고 집에서도 종종 화음을 맞춰 보는 두 사람이다.

특히 건형이 마스크싱어에 출연하면서 그 빈도는 점점 잦

아지고 있었다.

같이 듀엣으로 노래 부르는 건 어려운 일이 아니었다.

그렇게 사자탈을 쓰고 무대 뒤로 향한 건형은 그곳에서 장미가 만발한 마스크를 쓰고 있는 지현을 마주할 수 있었다.

'오빠, 잘해 봐요!'

지현이 건형에게 다가와서 속삭였다.

건형도 미소를 지어 보였다.

그 모습을 보던 메인 작가가 고개를 갸웃거렸다.

지현이 아는 척하는 것도 그렇고 옷차림새도 그렇고.

'설마 박건형 씨가 저 사자탈인 건 아니지?'

메인 작가가 눈을 크게 떴다.

그때 듀엣 무대를 보고 단숨에 반해서 팬이 되어 버렸다.

그것도 모자라 포탈 사이트에 새로 만들어진 사자탈 팬클럽에도 가입했다. 눈팅 회원이긴 했지만 그렇게 단숨에 자신을 뒤흔들어 놓은 가수는 사자탈이 유일했다.

그런데 그 사자탈이 박건형이라니.

그러는 사이 녹화가 시작됐다.

건형과 지현.

연인의 듀엣 무대였다.

Chapter. 03

건형과 지현.

연인의 듀엣 무대.

그러나 두 사람만 상대방이 누군지 알 뿐이다.

관객도, 영상을 찍는 저 수많은 사람들도 지금 노래를 부르는 남자가 누구인지는 모른다.

진명제 PD, 그와의 비밀이다.

두 사람이 선택한 노래는 해외 팝송 중 하나 "Two is better than one"이었다.

두 사람이 한 명보다 더 낫다, 라는 곡 제목에서 볼 수 있듯이 이것은 커플이 부를 만한 달달한 노래였다.

I remember what you wore on the first day

달달한 목소리로 남자가 먼저 노래를 부르기 시작했다.

객석에서 녹화방송을 지켜보며 노래를 듣고 있던 인천에서 올라온 김신혜는 눈을 크게 뜨고 그를 쳐다봤다.

지난번 위너였던 그는 폭발적인 성량을 바탕으로 한 고음으로 위너 자리를 거머쥐었다.

다들 박수를 칠만큼 그의 무대는 완벽했다.

그러나 이번 위너 도전자도 만만치 않았다.

얼마나 사람의 마음을 그렇게 울리는지 이해할 수 없을 정도.

그 정도 가수는 국내에 한 명밖에 없었다.

그렇다 보니 다들 이지현이 이번 마스크싱어에 나온 게 아니냐고 속닥이고 있었다.

그러나 대부분 그럴 리가 없다는 반응을 보였다.

이지현은 이런데 나와 봤자 오히려 득이 될 게 하나도 없었기 때문이다.

그녀가 위너를 차지하지 못한다면?

이지현은 거품이다, 라고 많은 사람들이 그녀를 까 내릴 게 분명하기 때문이다.

김신혜 역시 마찬가지.

비슷한 생각을 하고 있었다.

그렇지만 지난번 위너라고 해도 이지현을 꺾을 수 있을 것이라고 생각하진 않았다.

그만큼 이지현이 지금 가요계에서 갖고 있는 위치는 넘을 수 없는 사차원의 벽, 넘사벽이나 마찬가지였다.

그런데 이번 위너와 위너 도전자의 듀엣 무대로 결승전이 마련된다고 하고 거기에 두 사람이 달콤한 사랑 노래를 부르기 시작하면서 분위기가 바뀌었다.

남자의 목소리.

이지현에 비해 전혀 밀리지 않았다.

오히려 감성적인 면에서 더욱더 풍부했다.

그리고 사람의 마음을 뒤흔드는 그런 위력이 있었다.

김신혜를 비롯한 많은 방청객들이 건형의 목소리에 푹 빠져들기 시작했다.

노래를 부르는 건형을 보며 지현은 감탄을 감추질 못했다.

건형의 실력이 이 정도로 늘었으리라고는 생각조차 하질 못했었다.

그런데 오늘 건형을 보아하니 단단히 칼을 갈고 나온 모양이었다.

'봐주지는 않는다는 거죠?'

지현은 목소리를 가다듬었다.

자신이 불러야 할 파트가 곧 다가오고 있는 중이었다.

그렇게 건형의 파트가 끝이 나고 지현이 본격적으로 노래를 부르면서 두 사람이 서로 화음을 맞춰 가기 시작했다.

분명 어색한 게 있고 무언가 안 맞는 게 있어야 하는데 두 사람 사이에 그런 건 하나도 없었다.

그야말로 천생연분, 찰떡궁합을 보는 것 같았다.

방송을 녹화 중이던 진명제 PD는 두 사람의 듀엣 무대를 보며 입을 쩍 벌렸다.

완벽했다.

이 두 사람을 뛰어넘을 듀엣 무대가 나올 수 있을까?

불가능할 터였다.

서로가 서로를 이해하고 있는 완벽한 커플들이 만들어 내는 무대다.

옆에 우두커니 서 있던 메인 작가가 진명제 PD를 조용히 불러냈다.

"진 피디님, 어떻게 이런 생각을 다 했어요?"

메인 작가는 그전까지만 해도 결승전을 듀엣 무대로 꾸민다는 진명제 PD의 발상을 탐탁지 않게 생각하고 있었다.

그럴 수밖에 없었다.

두 사람은 연습 시간이 제대로 주어지지 않았다.

이번이 처음 호흡을 맞추는 것이었다.

듀엣 무대라는 건 호흡이 중요하다.

얼마나 두 사람이 호흡을 잘 맞춰서 화음을 넣느냐에 갈린다.

한 명이 치고 나가려고 하면?

그만큼 다른 한 명이 묻힌다.

그것은 듀엣이 아니다.

경쟁이다.

그러나 진명제 PD가 원한 그림은 듀엣 무대였고 그렇게 하려면 결국 두 사람이 서로 호흡을 제대로 맞춰야만 가능했다.

그래서 메인 작가는 반대하고 나섰다.

연습 경험도 없는 남녀가 호흡을 맞춰 봤자 얼마나 잘 맞출 수 있느냐, 그런 기우가 들어서였다.

게다가 그녀는 남자 참가자가 누군지 아직도 모르고 있는 상황이었다.

만약 남자가 지현의 남자 친구, 건형이라는 사실을 알았다면 바로 찬성하고 나섰을 것이다. 아니, 자신이 먼저 그렇게 하자고 건의할 수도 있었겠지.

그런데도 불구하고 진명제 PD는 강력하게 밀어붙였고 그 결과가 이렇게 나타났다.

"하하, 뭐, 그냥 프로그램을 위해서……."

"그러니까 저 남자 참가자가 누구냐고요! 누군데 저렇게 잘 부르는 거죠?"

메인 작가는 방금 전 대기실로 온 건형은 생각지도 않고 있었다.

건형이 머리가 좋고 퀴즈도 잘하고 돈도 잘 벌고 있다는 건 알고 있는 사실이지만 그가 노래까지 잘한다고는 생각지도 않고 있기 때문이었다.

만약 노래까지 잘하는 거라면 진정한 사기 캐릭터인데 신이 그런 걸 용납했을 리가 없었다.

"하하, 기다려 봐. 있다가 발표 나겠지."

"그러다가 이지현이 탈락하면 어떻게 하려고 그래요?"

"뭐, 탈락하면 탈락할 수도 있는 거겠지."

"그러면 기껏해서 이지현을 부른 의미가 없어지잖아요."

그들은 이지현을 일회성 출연에 쓸 생각이 전혀 없었다.

적어도 위너를 열 번 정도 차지하면서 대중들에게 좋은 노래를 들려줘야 하지 않겠는가.

물론 이지현 스케줄이 더 빡빡해지겠지만 메인 작가 입장에서는 그게 최선의 길이었다.

그리고 이지현이라면 웬만한 대선배가 오더라도 필승이라고 생각했기 때문에 크게 걱정하진 않고 있었다.

그런데 지금 하는 걸 보니 분위기가 그렇게 이지현한테 완벽하게 쏠린 상태가 아니었다.

오히려 대등한 상태를 유지하고 있었다.

이지현과 대등한 기세를 유지할 수 있는 가수.

'도대체 누구지? 나이는 그렇게 많은 거 같지 않았는데…… 이십 대에 저 정도 가수가 있었나?'

그러는 사이 두 사람의 노래는 클라이맥스를 향해 달리고 있었다.

이미 몇몇 방청객들은 혼이 나간 듯 멍한 얼굴로 무대를 바라보고 있었다.

아마 그 표정들은 방송에 제대로 나올 가능성이 컸다.

제대로 임팩트를 줄 수 있는 장면들이니까.

그리고 노래가 마무리되었다.

지현이 환하게 미소를 지었다.

마스크를 쓰고 있어서 보이진 않겠지만 그 정도로 지현은 크게 감동을 받은 상태였다.

건형이 부른 노래가 단순히 부른 게 아니라 자신을 생각하며 불렀다는 걸 확실히 알 수 있었기 때문이다.

그녀는 자신도 모르게 건형을 향해 발걸음을 내디뎠다. 그리고 건형을 포옹했다.

지금은 이렇게 하지 않으면 견딜 수 없을 것 같았다.

'어, 지금 이지현이 껴안은 거 맞지?'

'남자 친구 있다고 하지 않았어? 이게 무슨 일이야?'

진명제 PD가 얼굴을 구겼다.

화제성으로는 최고일 테지만 이건 방송 사고에 준하는 일이다.

두 사람이야 서로가 누구인지 대번에 눈치챈 듯하지만 방청객들은 남자가 누군지 모르는 상황이다.

그 상황에 지현이 남자를 끌어안아 버렸으니.

게다가 지현은 이미 공개 연애 중이 아니던가.

그렇다고 이렇게 많은 사람들의 입을 막을 수 있는 것도 아니었다.

어쨌든 무대는 완벽하게 뽑혔다.

카메라 감독이 엄지를 척 치켜들었다.

메인 MC 강현석이 무대에 올라왔다.

그 역시 정신이 없기는 매한가지였다.

두 사람이 만들어 낸 완벽한 하모니 때문이었다.

'이렇게 잘 어울리는 커플도 없을…… 아니, 이지현은 공개 연애 중인데? 이래도 되나?'

메인 MC 강현석은 뜻밖의 상황에 어떻게 해야 할지 고민하다가 주저 없이 입을 열었다.

"두 분의 무대, 정말 잘 봤습니다. 진짜 완벽한 커플을 보는 듯했어요."

"감사합니다."

건형이 짤막하게 대답했다.

메인 작가가 그에게 원한 컨셉은 하나였다.

신비주의.

메인 작가도 그가 누군지 모르는 상황이다.

그리고 현재까지 그를 아는 사람은 단 한 명도 없다.

그 유명한 네티즌 수사대들도 남자 가수를 찾아내진 못했다.

유일하게 그가 누군지 아는 건 진명제 PD 한 명뿐이다.

국장이 진명제 PD를 불러서 넌지시 물어봤다고 하던데 진명제 PD는 단칼에 그 요청을 거절했다고 했다.

철저하게 비밀을 보장하고자 한 것이다.

"남자분은 진짜 아무도 모르더라고요. 다들 누군지 궁금해하던데 힌트 좀 주실 수 없으실까요?"

"힌트요?"

"예. 그래도 어느 정도 맞추는 재미도 있어야죠. 안 그런가요?"

방청객에서의 반응이 뜨거웠다.

그들도 남자가 누군지 추측하곤 했지만 단 한 명도 이미지에 부합하지 않았기 때문이다.

"힌트라면…… 딱히 드릴 게 없네요."

"어휴, 그놈의 신비주의. 그보다 무대가 끝나고 만발한 장미꽃, 여자분이 포옹을 해 주셨는데요. 어떻게 생각하시죠?"

"아실 분은 아시겠지만 연습 한 번 없이 부른 노래였습니다. 잘했다고 격려해 주신 게 아닌가 싶습니다."

"잘했다고 격려해 주신 거라면…… 여성분이 선배분이라는 건가요?"

"이 정도로 노래 부르는 가수는 몇 없으니까요. 당연히 저보다 선배분이 아닐까요? 연륜이 어느 정도 있으신 가수분이 아닐까 싶습니다."

"크흠."

진명제 PD가 그 모습을 보며 코웃음을 쳤다.

서로가 누군지 알고 있을 텐데도 저렇게 말하는 게 어이가 없어서였다.

진명제 PD처럼 어처구니없는 사람이 한 명 더 있었다.

그 사람은 지현이었다.

아까 전까지 온몸을 적시던 감동이 순식간에 사라졌다.

마치 온몸을 누군가 이리저리 비비 꼬아서 짜낸 느낌이었다.

감동 한 방울마저 사라진 상태.

강현석이 이지현을 보며 물었다.

"방금 전 사자탈의 이 발언에 대해 어떻게 생각하시죠?"

"호호, 그러게요. 이걸 어떻게 해야 할지⋯⋯그런데 제가 선배면 말을 편하게 해도 되나요?"

"어, 그게⋯⋯."

강현석이 짐짓 당황했다.

이렇게 또다시 돌발 상황이 생겨났다.

그가 눈치껏 진명제 PD를 쳐다봤다.

진명제 PD는 슬며시 고개를 끄덕였다.

어차피 나중에 두 사람이 커플이었다는 게 밝혀질 터.

이것도 재미다.

그것을 보여주듯 방청객들은 흥미진진한 얼굴로 무대를 올려다보고 있었다.

"편하실 대로 하시죠."

강현석 말에 이지현이 목을 풀었다.

그동안 꼬박꼬박 존대를 해 왔다.

나이 차이도 있거니와 건형을 존중한다는 생각에서였다.

그러나 한 번쯤은 막 나가고 싶을 때도 있다.

지금이 바로 그때였다.

물론 그렇다고 막 나갈 생각은 없었다.

지현이 살포시 미소를 지으며 말했다.

"선배 가수로서 후배의 노래가 마음이 들어서 토닥여 준 거뿐이에요. 별다른 의도는 없었어요. 그리고 누군지 모르겠지만 사회생활은 영 빵점이네. 선배가 격려해 줬으면 고맙다고 해야 하는 거 아니야?"

'......'

건형이 짐짓 당황한 얼굴로 지현을 쳐다봤다.

물론 마스크에 가려 그 모습은 보이질 않았다.

"하하, 그러게요. 사회생활은 영 별로인 모양이네요. 선배가 격려해 줬는데 고맙다고 하지는 못할망정 이렇게 찬밥 대우하는 게 말이나 됩니까?"

"그럴 리가요. 정말 감사합니다. 덕분에 잘 마무리 지을 수 있었습니다."

사자탈이 고개를 꾸벅 숙여 보였다.

그 모습에 강현석은 더 이상 이야기할 수 없었다.

이 정도면 충분했다.

그렇게 만담을 나누는 사이 집계가 완료됐다.

55 vs 55.

박빙의 승부.

"아직 집계가 덜 됐다는데요. 아직 안 누르신 분?"

그 말에 연예인 판정단에 있던 한 명이 슬그머니 손을 들어 올렸다.

"아니, 아직도 안 누르고 계시면 어떻게 합니까! 빨리 눌러 주세요."

"그게 생각할 시간이 더 필요해서……."

그는 땀을 뻘뻘 흘리며 중얼거렸다.

그것도 잠시 그가 눈을 질끈 감으며 투표를 행사했다.

56 vs 55.

승부가 갈렸다.

녹화방송이 끝났다.

지현은 먼저 바깥으로 나왔다.

쓰고 있던 마스크를 벗으니 기분이 상쾌했다.

마스크를 쓰고 있을 때에는 무척 갑갑했는데 지금은 속이 시원했다.

그리고 방송국 앞에서 고개를 숙인 채 기다리고 있을 무렵 건형이 걸어 나왔다.

건형이 멋쩍게 웃어 보였다.

"오빠, 왜 이렇게 늦었어요?"

"아, 진 피디님하고 잠깐 이야기 좀 하느라. 많이 기다렸어?"

"글쎄요. 많이 기다린 거 같기도 한데요?"

그녀 목소리는 퉁명스러웠다.

아까 전 자신이 선배 가수라고 부른 게 여전히 머릿속에 남아 있는 것 때문일까.

그러나 엄밀히 이야기하면 지현은 진짜 자신의 선배 가수가 맞았다.

자신은 아직 데뷔조차 하지 않았으니까.

"맛있는 거 먹으러 갈까?"

두 사람은 공개연인이다.

마음껏 자신을 드러낸 채 데이트해도 무방하다는 의미다.

물론 그게 쉬운 건 아니다.

대낮에 얼굴을 공개한 채 데이트를 했다가는 주변에 사진 한 장 찍겠다고 달려들 사람들이 무진장 많을 테니까.

"어디 가려고요?"

"압구정에 괜찮은 레스토랑이 하나 있어. 요 근래 셰프 나오는 방송이 유행 중이잖아. 거기 셰프 한 분이 운영 중인 가게인데 평이 좋더라고."

"그래요?"

최근 방송의 핫 트렌드는 음악 그리고 쿡이었다.

노래와 요리.

이 두 가지가 주류를 이루고 있었다.

우선 노래.

각종 오디션 프로그램을 시작으로 점점 더 음악 프로그램은 대중의 호기심을 자극하는 소재로 발전하고 있었다.

오래전 유행했던 노래를 되살리는 프로그램도 적지 않았다.

과거의 향수를 자극하기 위함이다.

또 하나 유행 중인 게 바로 쿡방이다.

셰프가 직접 브라운관으로 나와서 요리를 하고 그 요리를 톱스타들이 맛보면서 평가해 주는 그런 프로그램들이 우후죽순처럼 생겨나고 있었다.

지현 역시 몇 차례 그런 프로그램에 출연 제의를 받곤 했다.

그때마다 신곡 준비 중이라 거절하긴 했지만 한 번 출연해 보고 싶은 것도 사실이었다.

그녀 역시 이런저런 방송을 보곤 하지만 꽤 재미있어 보였기 때문이다.

그렇게 두 사람은 지하 주차장에 주차해 둔 람보르기니를 타고 곧장 강남으로 이동했다.

강남으로 이동하면서 지현은 이런저런 이야기를 꺼내 놓았다.

대부분 시시콜콜한 이야기들이었다.

지난번 한 쿡방을 봤는데 그 방송이 어쨌느니, 그리고 건형과 이런저런 방송을 함께했으면 좋겠느니, 이번에 건형도 노래를 녹음할 것인지 등 사소한 이야기들이었다.

건형은 지현과 이런저런 이야기를 나눌 수 있다는 게 즐거웠다.

연인과 소소한 이야깃거리들을 가지고 알콩달콩 대화를 나눌 수 있다는 것 하나만으로도 크나큰 행복이었으니까.

그렇게 대화를 나눌 무렵 두 사람은 예약해 둔 레스토랑에 도착할 수 있었다.

레스토랑 안은 꽤 많은 사람들로 북적이고 있었다.

건형과 지현은 모자를 쓴 채 레스토랑 안으로 들어왔다.

"예약하셨습니까? 손님?"

"아, 박건형으로 예약했습니다."

"예약석으로 안내해 드리겠습니다."

눈치 빠른 지배인이 두 사람을 안내한 곳은 레스토랑 한쪽에 있는 격리된 공간이었다.

문을 열고 닫을 수 있어서 외부인은 들어올 수 없게 만들어져 있었다.

"감사합니다."

"별말씀을요. 주문부터 도와 드릴까요?"

"가장 괜찮은 걸로 부탁드려도 될까요?"

레스토랑에 오면 가장 편한 건 지배인의 추천을 받는 것이다.

아무래도 레스토랑에서 일한 경력이 경력인 만큼 그의 추천이 빗나갈 일은 거의 없기 때문이다.

"알겠습니다. 와인도 준비해 드릴까요?"

"예. 부탁드리겠습니다."

자동차는 따로 사람을 불러 집에 가져다 놓게 하면 그만.

오늘은 지현과 함께 분위기 좋은 이 레스토랑에서 와인을 마시며 저녁을 함께하고 싶었다.

잠시 뒤, 레스토랑의 오너이자 쿡방에 출연 중인 셰프가 직접 왔다.

그는 애피타이저부터 시작해서 요리를 하나하나 설명하며 친절하게 응대해 왔다.

지금 이 방 안에 있는 두 명이 누군지 그는 당연히 잘 알고 있었다. 그리고 이들과 어떤 식으로든 작은 인연을 맺어 둔다면 자신한테는 여러모로 이득이 될 게 분명했다.

그렇게 레스토랑에서 즐겁게 저녁을 먹은 다음 두 사람은 근처 호텔로 걸어서 이동했다.

즐거운 하루였다.

*　　　*　　　*

두 사람이 호텔에서 하룻밤 머무르는 동안 대한민국 연예계는 엄청나게 폭풍이 불어닥치고 있었다.

곧 방송이 될 마스크싱어.

15주차와 16주차 때문이었다.

기자들은 온갖 기사들을 써 내려가기 시작했다.

특히 지현, 그녀가 가장 큰 화젯거리였다.

그래서일까.

시청자들의 관심은 그 어느 때보다 대단히 높았다.

그리고 15주차 방송이 시작됐다.

다채로운 경연자들이 출연한 가운데 시청자들의 이목을 사로잡은 건 한 여성이었다.

장미꽃이 만발한 마스크를 쓰고 있는 그녀는 감미로운 목소리로 시청자들의 마음을 흔들었다.

대부분의 웹사이트에서는 그녀가 그룹 플뢰르의 리더 이지현이 아니냐고 추측을 했지만 애초에 이지현이 마스크싱어에 나올 이유가 없었다.

만약 좋은 성적을 거두지 못한다면 손해 보는 게 지현 같은 인지도 높은 가수니까.

그렇게 15주차 방송이 끝나고 연예계 기사를 도배한 건 장미꽃이 누구냐 하는 점이었다.

그리고 그녀와 위너, 둘 중 누가 우승할 수 있을지에 관해 궁금증이 저절로 높아지고 있었다.

―와, 진짜 방송 보고 미치는 줄 알았다.

―대박! 노래 겁나 잘 부르지 않냐?

—이지현 아니야? 이번에 솔로 앨범 냈다며? 그거 홍보
할 겸 나온 거 아닐까?

—말도 안 되는 소리 하지 마라. 이지현이 뭐가 도움된다
고 그런 걸 나와. 지난번에도 예능 한 번 출연하지 않았는데.

—그보다 이번 위너하고 붙으면 누가 이길까?

—난 장미꽃

—나는 사자탈

—다들 취향이 극과 극으로 갈리네.

—야, 대박! 훌륭한 소스 하나 갖고 왔다.

—뭔데?

—이번에 위너 결정전, 듀엣으로 한다는데? 그런 루머가
있어.

—엠바고 풀린 거냐?

—아니, 내 아는 동생이 녹화갔다 왔는데 듀엣으로 불렀
다더라. 그런데 진짜 장난 아니었대. 완전 개쩐다던데?

사내는 도배 되고 있는 게시판 창을 닫았다.

그는 진명제 PD였다.

반응은 뜨겁기 이를 데 없었다.

웬만한 포털 사이트 모두 마스크싱어를 중점적으로 다루

고 있었다.

사자탈과 장미꽃.

두 사람이 붙으면 누가 이길지 그것에 관해 주목도가 대단히 높았다.

그럴 수밖에 없었다.

그가 보기에도 객관적으로 평가가 어려울 만큼 두 사람 모두 빼어난 무대를 보여 줬기 때문이다.

"연인이어서 가능한 것도 있겠지."

두 사람이 부른 듀엣 무대에는 감정이 실려 있었다.

사람의 마음을 쥐고 흔드는 그 감성.

만약 그게 없었으면?

어떻게 보면 밋밋했을지도 몰랐다.

그러나 그게 있었기 때문에 방청객들은 너도나도 행복한 미소를 지어 보일 수 있었다.

연인인 사람들은 그 날 서로 사랑의 밀어를 나눴을 테고 짝사랑하는 사람이라면 바로 고백하러 달려갔을지도 모른다.

그만큼 음악이 갖고 있는 힘은 엄청나다고 봐야 했다.

진명제 PD, 그 역시 오랜만에 아내를 위한 꽃다발을 사 들고 집으로 돌아갔으니까.

물론 술에 잔뜩 취한 상태라서 등짝을 얻어맞긴 했지만 이튿날 아침 얼큰한 해장국이 준비된 식탁을 보며 입가에 미소를 그릴 수 있었다.

"15주차가 대박이라고? 16주차가 더 대박일 거야."

적당히 밑밥을 뿌린 것도 그다.

입소문이라는 건 활활 타오를 때 더 기름을 부어야 하는 법이다.

그래야 쉬지 않고 그 불길이 거세게 타오른다.

"시청률, 걱정하지 않아도 되겠네."

진명제 PD는 건형을 떠올렸다.

퀴즈쇼를 할 때도 20억에 가까운 상금을 마련하느라 허리가 휠 뻔했지만 그 덕분에 시청률은 대성공이었다.

그 이후 퀴즈쇼가 하나둘 대중들의 관심에 멀어지면서 새롭게 런칭한 음악 프로그램.

이번에도 건형과 지현, 두 사람 덕분에 다른 음악 프로그램보다 훨씬 더 앞서 나갈 수 있을 것 같았다.

"그보다 위너가 누군지 알게 되면 다들 경악을 금치 못하겠지?"

56 vs 55 로 위너가 결정됐다.

그 날 방청객들은 마스크를 벗은 그 사람을 보며 경악을 금치 못했다.

　진명제 PD는 입이 근질근질거렸다.

　몇몇 친하게 지내 온 기자들이 진명제 PD를 어떻게든 구워삶으려 하고 있었지만 그때마다 진명제 PD는 입을 굳게 걸어 잠궜다.

　그것은 진명제 PD뿐만 아니었다.

　전원 다 엠바고가 걸린 상태였다.

　2주에 걸쳐 진행하는 음악 프로그램의 특성상 외부에 노출되는 건 극도로 주의해야 하는 부분이었다.

　스포일러가 퍼질수록 녹화방송을 보게 되는 시청자들 입장에서는 맥이 빠질 테고 그것은 시청률이 떨어지게 되는 주원인이 될 수 있기 때문이다.

　"일주일만 더 기다리면 돼. 이미 시청자 몰이는 끝난 상황이니까."

　　　　　　*　　　*　　　*

　16주차가 됐다.

　다들 흥분을 감추지 못하고 있었다.

　그것은 레브 엔터테인먼트의 정명수 사장도 마찬가지였

다.

정명수 사장도 지난 위너에 대해 적지 않은 관심을 갖고 있었다.

지현 못지않은 재능이라고 확실하게 생각하고 있었으니까.

그러나 그의 연락처를 알아낼 방법이 없다 보니 반쯤 포기하고 있었다.

"16주차는 어떻게 되려나? 위너 결정전에서 지현이가 반드시 이겨야 할 텐데……."

한 번이라도 위너가 되어야 한다.

그렇지 않으면 지현이 이번 마스크싱어에 나간 의미가 없어진다.

정명수 사장이 걱정하는 점은 그것이다.

그런데 이번 위너 결정전 무대가 듀엣으로 치러진다는 말을 듣고 이래저래 걱정이 많았던 게 사실이다.

그러는 사이 차곡차곡 방송이 이어졌다.

MC 강현석의 진행 아래 그룹 무대에서 살아남은 마스크싱어들이 자신만의 노래를 부르기 시작했다.

쟁쟁한 경쟁자들이 가득했다.

누가 이겨도 이상하지 않을 정도였다.

네티즌들의 반응도 뜨거웠다.

이 정도 가수가 여기서 탈락했다고?

이런 반응이 대부분이었다.

그러는 와중에 지현은 무난하게 위너 결정전까지 진출했다.

이제 남은 건 지난번 위너의 무대.

그런데 MC 강현석이 급작스럽게 입을 떼었다.

"이번 위너 결정전 무대는 듀엣 무대로 치러진다고 합니다. 그러고 보면 위너 결정전 최초로 결정전이 듀엣으로 치러지는 셈인데요. 과연 어떨지 기대가 됩니다. 그러면 두 사람을 한번 모셔 보도록 하겠습니다. 참고로 이 두 사람은 한 번도 듀엣 무대를 연습해 본 적이 없다는 점, 알아 두시길 바랍니다."

"진 PD 이 새끼 미친 거 아니야?"

정명수 사장이 얼굴을 붉혔다.

듀엣은 솔로보다 더 어렵다.

두 사람이 서로 호흡을 맞춰야 하기 때문이다.

그런데 즉흥적으로 듀엣 무대를 꾸민다고?

그는 조마조마한 얼굴로 무대를 지켜보기 시작했다.

그리고 두 사람의 듀엣 무대가 방송을 통해 대한민국 전

역으로 퍼져 나가기 시작했다.

　대한민국 역사상 최고의 듀엣 무대로 불리게 될, 전설의
시작이었다.

Chapter. 04

장태준은 서른다섯의 회사원이다.

오랜 시간 걸그룹 플뢰르의 팬카페 매니저로 활동해 온
그는 플뢰르가 스타플러스 엔터테인먼트와 계약해지를 했
다는 이야기를 접하고 아쉬움을 크게 드러냈다.

엔터테인먼트와 계약 해지를 한 이상 걸그룹 플뢰르는 어
느 걸그룹처럼 소리 없이 사라질 게 분명했기 때문이다.

일 년에 데뷔하는 걸그룹이 수백 개가 넘는데 개중에서
성공하는 걸그룹은 극히 일부다.

대형 기획사, 방송국, 언론 등 엄청난 힘을 들여야 하는데

그들을 움직이는 데 들어가는 비용이 만만치 않기 때문이다.

플뢰르도 그나마 버티는 건 스타플러스 엔터테인먼트라는 대형 기획사를 등에 업고 있어서였다.

그런데 스타플러스를 떠나 레브 엔터테인먼트라는 중소 기획사에 둥지를 틀기로 했다는 말을 접하고 장태준은 플뢰르 팬클럽 카페를 없애야 하나 진지하게 고민하기 시작했다.

그러나 그 이후 플뢰르의 리더이자 메인 보컬이었던 지현이 노래로 자신을 알리기 시작하고 솔로 앨범이 대박을 터트리며 상황이 급변했다.

플뢰르 카페에 찾아오는 방문객이 급증하기 시작했고 회원 가입을 하는 사람도 급격하게 늘어났다.

몇 차례 카페를 팔라며 적지 않은 돈을 제시하는 사람들까지 생겨날 정도였다.

장태준은 그룹 플뢰르 말고 이지현의 개인 팬카페까지 함께 운영하기 시작했고 이지현의 노래를 들을수록 그녀한테 푹 빠져들었다.

그야말로 천상의 목소리라는 평가가 전혀 아깝지 않을 정도.

괜히 방송국에서 그녀를 섭외 일 순위로 올려놓은 게 아니었다.

그러다가 급작스럽게 터진 열애설, 그리고 기자회견 끝에 밝힌 공식 연애.

장태준은 마음 한구석이 뜯겨져 나가는 것 같았다.

마치 첫사랑이 다른 남자를 만나 결혼한 느낌?

그 정도로 장태준은 배신감을 느껴야 했다.

그러나 그가 이지현의 팬클럽이 된 건 그녀의 노래를 사랑했기 때문이었다.

그것은 이지현의 팬카페에 가입한 대부분의 사람들이 생각하는 바와도 일치했다.

어쨌든 장태준은 그 이후로도 줄곧 카페 활동을 이어 나갔고 플뢰르가 새 앨범을 발표하고 그 이후 지현이 솔로 2집을 내면서 카페 회원 수는 사실상 정점을 찍고 있었다.

다만 한 가지 아쉬운 게 있다면 플뢰르 멤버들과 다르게 이지현은 좀처럼 예능 출연을 하지 않는다는 점이었다.

그게 여러모로 아쉬웠다.

이왕이면 텔레비전에서 더 많이 보고 싶었으니까.

한편 마스크싱어는 그가 즐겨보는 예능 프로그램 중 하나였다.

노래를 잘 부르는 가수들이 주로 참가하곤 했기 때문이다.

'이지현도 마스크싱어에 한 번 나와 주면 좋을 텐데…….'

그러나 장태준도 그것은 이뤄지기 어려운 이야기라는 걸 잘 알고 있었다.

잃을 게 많은 무대이기 때문이다.

그러다가 지난주 뜬금없이 나타난 웬 사자탈 가면이 위너가 되는 걸 보며 장태준은 남자한테도 가슴이 뛸 수 있구나라는 걸 처음 알게 됐다.

겉모습을 보고 혹한 건 아니었다.

가슴이 뛰게 된 건 그가 부른 노래 때문이었다.

사람의 감정을 쥐고 흔드는 노래.

그 노래가 자신의 가슴을 울렸다.

마치 이지현처럼 말이다.

그 이후 장태준은 그가 누군지 각종 사이트를 통해 알아보고자 했지만 별다른 소득을 거둘 수 없었다.

그의 정체는 철저하게 가려져 있었고 누구 한 명 아는 사람이 없었다.

다들 말도 안 되는 추측만 할 뿐이었다.

그러다가 이번 주 예고편을 보며 장태준은 자신도 모르게 눈을 껌뻑 떠야 했다.

스치듯 지나간 참가자 중 한 명이 이지현과 유난히 닮았기 때문이었다.

오랜 시간 플뢰르 팬카페를 운영해 왔고 플뢰르 가수들의 정보를 수집해 왔던 그는 단번에 이지현이 이번 마스크싱어에 참가했다는 걸 알 수 있었다.

"빌어먹을! 진즉에 녹화 갔다 왔어야 했는데……."

이지현이 나온다고 했으면 무조건 방송국에 찾아갔을 것이다.

플뢰르 팬카페 매니저라는 명함을 내세워 방청권을 얻어 내고자 했을 것이다.

그러나 이미 녹화는 끝났을 테고.

결국 장태준은 기다릴 수밖에 없었다.

이지현이 참가한 것이라면 무조건 위너 결정전까지 올라올 게 분명했으니까.

그리고 시작된 15주차 무대.

장태준은 설레는 마음으로 각 잡고 텔레비전 앞에 앉았다.

테이블 위에는 치킨과 맥주가 가지런히 세팅되어 있었다.

여신이 나오는 무대.

경건한 마음으로 보기 위함이었다.

그룹 A조부터 차근차근 무대가 시작됐다.

생각 외의 실력자들이 즐비했다.

다들 대중의 마음을 완벽하게 사로잡고 있었다.

박빙이 이어졌다.

그리고 그룹 D조.

남자 가수가 먼저 올라왔다. 람보 가면이었다.

그리고 곧장 여자 가수가 올라왔다.

장미꽃이 만발한 듯한 마스크를 쓰고 있는 가수.

그녀를 본 순간 장태준은 직감했다.

이지현이 100% 확실하다고.

궁금한 건 왜 그녀가 이 무대에 나왔느냐 하는 점이었다.

위너가 되고 적어도 열 번은 위너 자리를 계속 지켜도 그녀 평판에 이득이 될 게 없다.

나와 봤자 그녀한테는 손해만 한가득하다.

그러다가 위너 자리에서 떨어지기라도 하면?

그녀의 실력이 저평가를 당할 것이기 때문이다.

어쨌든 두 사람의 듀엣 무대가 시작됐다.

남자가 목소리를 높였다.

짜릿한 고음, 풍부한 성량.

뭐 하나 흠잡을 수 없을 만큼 남자의 퍼포먼스는 놀라웠다.

"와, 대박인데?"

치킨을 뜯던 장태준이 눈을 휘둥그레 뜰 만큼 그는 대단했다.

평범한 아이돌 가수는 아닌 듯했다.

이 바닥에서 꽤 오래 구른 베테랑임이 확실했다.

남자가 노래를 마칠 무렵 장미꽃 마스크가 그 노래를 이었다.

그와 함께 사람의 마음을 확 잡아당기는 음색이 이어졌다.

장태준의 동작이 멈췄다.

마치 영혼이 빠져나간 듯했다.

그리고 그는 확신할 수 있었다.

"이지현이 분명해. 와, 진짜 어떻게 이렇게 노래를 잘 부르지?"

그는 다급히 인터넷을 켰다.

그리고 자신이 만든 카페에 들어갔다.

하나둘 접속자들이 늘어나고 있었다.

실시간으로 글이 올라오고 있었다.

　　　제목 : 지금 마스크싱어 보고 계신 분? 우리 여신님 맞죠?

　　　내용 : 와, 소름 돋는 줄 알았어요. 이거 너무 뻔한 거 아니에요? 이 정도 음색으로 노래 부를 수 있는 분, 우리 여신님뿐인데.

줄줄이 댓글이 달렸다.

모든 팬카페 회원들이 공감하고 있었다.

그렇게 4분 남짓, 짧은 무대가 끝이 났다.

결과는 정해져 있었다.

만발한 장미꽃 마스크의 승리.

남자는 여러 차례 아쉬움을 토로했다.

그리고 그 남자가 마스크를 벗는 순간 모든 사람들이 깜짝 놀랐다.

가수 생활 12년 차의 베테랑이었다.

희대의 명곡을 여러 곡 보유하고 있는 그가, 그룹 무대에서 떨어지고 만 것이다.

믿을 수 없는 일이었다.

그렇지만 다들 그럴 수밖에 없다는 반응이었다.

상대가 이지현이었으니까.

*   *   *

연예계 기사들은 난리가 났다.

베테랑 초거물을 떨어트린 만발한 장미꽃이 누군지 다들 반신반의해하고 있었다.

그렇지만 이미 여론은 어느 정도 굳혀지고 있었다.

이지현. 그녀가 아니면 어느 누가 가능하겠냐는 여론이 지배적이었다.

그녀가 마스크싱어에 출연할 이유가 없다는 의견 때문에 이지현이 출연한 게 아니라는 이야기도 종종 나오긴 했다.

그렇지만 그 정도 음색에 그 정도로 사람의 마음을 홀릴 수 있는 가수는 한 명뿐이었다.

그리고 이지현이 나온 게 맞다면?

이번 위너는 이지현이 될 게 분명했다.

"와, 위너 결정전이 장난 아니겠다. 누가 이기려나?"

"그 남자도 노래 장난 아니던데. 이지현이 이기긴 하겠지만……."

"그러게. 다음 주 기대되네. 노래로 이렇게 힐링되는 건 되게 오랜만이었던 거 같아. 안 그러냐?"

"빨리 듣고 싶다."

모든 사람들이 설레고 있는 사이 일주일이 훌쩍 지나갔다.

그동안 지현은 솔로 앨범 발표 이후 이곳저곳 음악 무대에 출연하느라 정신이 없었다. 그뿐만 아니라 평소 틈틈이 해 오고 있는 봉사 활동도 빠짐없이 해 나갔다.

그러는 사이 건형은 뉴욕을 방문할 준비를 하고 있었다.

그랜드 마스터.

그를 한번 만날 필요가 있었다.

덩달아 정체불명의 사내, 그도 한번 만나고 싶었다.

그러는 한편 장형철과 강해찬을 감시하게끔 했다.

한창 건형을 흔들어 대려고 하던 그들은 어느새 잠잠해져 있었다.

여론이 자신들에게 좋지 않게 돌아가자 일부러 숨죽이고 있는 모양이었다.

건형 입장에서 그들은 가장 까다로운 적이었다.

실체를 드러내지 않은 채 곁가지들로만 자신을 자극하고 있었다.

골치 아픈 상대.

만약 그들을 뿌리째 뽑아낼 수 있다면 자신의 전 재산을 다 줄 수 있다고 생각될 만큼 골치 아팠다.

그렇게 정신없이 시간을 보내는 사이 일주일이 지났다.

토요일 저녁. 거리는 한산했다.

사람들 모두 텔레비전 앞에 모여 있었다.

이 정도로 예능 프로그램 하나가 파괴력을 갖는 건 쉽지 않은 일이었다.

그만큼 이지현이 출연한 힘이 어마어마하다는 의미.

사람들이 기대하고 있는 건 위너 결정전이었다.

이미 엠바고가 조금씩 풀리면서 위너 결정전이 그야말로 박빙이었다는 이야기가 자자했다.

56 vs 55이라던가?

누가 이겼어도 무방할 만큼 박빙이었다는 이야기다.

그렇게 만발한 장미꽃 마스크는 파죽지세로 위너 결정전 무대까지 진출했다.

방청객들은 이미 그녀의 목소리에 푹 빠진 듯했다.

그리고 그 순간 MC 강현석이 입을 열었다.

―아아, 여러분들에게 한 가지 알려드릴 게 있습니다. 이번 마스크싱어 위너 결정전은 평소와 다르게 듀엣 무대로 꾸며질 예정입니다.

"듀엣 무대라고?"

장태준이 고개를 갸웃거렸다.

팬카페 채팅방에도 이해할 수 없다는 글들이 무수히 올라오고 있었다.

그렇게 되면 위너한테는 명백히 손해다.

더군다나 어떤 노래를 선정했느냐가 중요하다.

그 전에 서로 연습은 해 봤을까?

만발한 장미꽃이 결승전에 올라온다고 장담할 수 없는 상황에 위너하고 일일이 연습 무대를 맞추는 것도 쉬운 일은 아니기 때문이다.

"당연히 이번 듀엣 무대는 즉흥적으로 꾸며진 무대입니다. 그렇지만 두 가수 모두 충분히 가능하다는 반응을 보였기 때문에 한번 해 보기로 했습니다. 다들 기대해 주십시오."

장태준은 침을 꿀꺽 삼켰다.

이 음악 프로그램 PD가 승부수를 띄운 셈이다.

여기서 두 사람이 명곡을 탄생시킨다면 평가는 좋겠지만 이도 저도 아닌 무대를 만들어 버린다면 당연히 실망감은 이만저만이 아닐 것이다.

무리수를 두면서까지 이렇게 한 이유는 무엇일까.

장태준이 그것을 궁금해할 무렵 두 사람의 듀엣 무대가 시작됐다.

약 4분 정도.

듀엣 무대가 이어졌고.

그 듀엣 무대가 끝났을 때.

장태준의 붉어진 눈시울에서는 연신 눈물이 흘러내리고 있었다.

서른 살 이후 한 번도 흘려 보지 않았던 눈물이 왜 이렇게 샘솟듯 흘러내리는 건지 이해할 수가 없었다.

'누가 위너가 돼도 문제가 되지 않을 거야.'

그러는 사이 집계가 끝이 난 듯했다.

55 vs 55

연예인 판정단 한 명이 아직 판정을 내리지 못한 모양이다.

마지막 한 표의 행방에 따라 이번 위너가 누군지 결정될 것이다.

그리고 MC 강현석이 소리쳤다.

"이번 위너는…… 만발한 장미꽃입니다!"

결국 위너가 결정이 났다.

1주 천하.

사자탈 가면은 허탈한 듯 어깨를 축 늘어트렸다.

만발한 장미꽃이 무대를 떠나고 사자탈 가면이 홀로 남았다.

그리고 그는 준비해 둔 솔로곡을 부르기 시작했다.

1절이 끝나고 간주가 흘러나올 무렵.

사자탈이 마스크를 벗었다.

그 얼굴이 공개된 순간.

모든 사람이 입을 쩍 벌렸다.

지금 무대 위에 서서 열창하고 있는 건 이지현의 남자 친구, 박건형이었다.

그 누구도 생각하지 못했던 충격적인 반전이었다.

"마, 말도 안 돼."

"박건형이라고?"

지금 대중들의 관심에 가장 깊숙이 있는 건 박건형이다.

걸그룹 플뢰르의 메인 보컬이자 지금 가장 잘 나가는 아이돌 가수 이지현의 남자 친구, 이십 대 중반이라는 나이에 태원 그룹의 전략 기획실장이 되었고 그 이후 보여 준 믿지 못할 엄청난 행보.

태원 그룹은 지금 쌍강을 위협하는 그룹으로 자라난 상황, 특히 영국의 에너지 그룹 BP와 맺은 계약은 어마어마한 것이었다.

세계 에너지 시장은 물론 세계 경제 자체를 쥐고 흔들 수 있는 힘이 그들에게 주어질 수 있는 것이니까.

거기에 예전에는 퀴즈의 신으로 이름을 날렸고 리만 가설을 증명한 수학 천재이기도 하다.

헨리 잭슨을 비롯한 내로라하는 세계의 명망 높은 학자들이 그를 최고로 손꼽고 있다.

또 알려진 바로는 세계 체스 대회에 출전해서 우승했고 거기에 슈퍼 컴퓨터를 상대로도 승리를 거머쥐었다는 이야기가 있었다.

　알면 알수록 신비한 사내.

　그런데 그가 2주 전 위너를 차지한 데다가 이지현으로 추정되는 만발한 장미꽃 마스크와 듀엣 무대를 선보였던 것이다.

　연예 기획사 사장들은 군침을 삼켰다.

　입맛이 썼다.

　대형 기획사는 물론 중소형 기획사들까지 박건형을 탐내고 있었다. 아직 그는 가공되지 않은 완벽한 원석이었다. 그런데 그 원석 자체만으로도 탐스러운 빛을 뿜어내고 있었다.

　대중의 마음을 휘어잡는 호소력에 짙은 감성 전달까지.

　괜히 마스크싱어에서 위너가 된 게 아니다.

　거기에 그가 부른 노래는 이미 음원 차트를 휩쓸고 있다.

　들어도 들어도 질리지 않는 노래.

　그의 노래를 지칭하는 말이다.

　그리고 최근 그런 평가를 받은 건 이지현이 유일했다.

　대부분의 아이돌 그룹은 줄줄이 깨져 나가기 일쑤였다.

　기획사들이 브로커를 통해 음원 사재기를 해서 음원 차트에서 미끄러지는 것을 막았을 뿐 전반적인 아이돌 시장은 점점 그 빛을 잃어 가고 있는 중이었다.

그런 와중에 잘 계약해 두면 몇 년, 몇십 년은 우려먹을 수 있는 원석이 마스크싱어 무대에 나온 것이다.

탐을 낼 수밖에 없다.

그런데 그 원석이 하필이면 이지현의 남자 친구라니.

"결국 레브 엔터테인먼트만 살판났군."

"정 사장은 전생에 무슨 덕을 그렇게 쌓았길래……."

"후, 빌어먹을."

음원 차트를 확인해 보던 기획사 사장들은 입술을 질겅질 겅 씹었다. 이미 상위권을 싹쓸이하고 있는 이지현, 그리고 그 뒤를 바짝 뒤쫓고 있는 사자탈, 아니 박건형.

게다가 레브 엔터테인먼트에서는 속속 후속 신인 가수들을 출격시킬 준비를 하고 있고 이지현이 피처링으로 참여할 것이라는 정보까지 새어 나온 상황.

언제까지 레브 엔터테인먼트가 독주할지 감이 잡히질 않고 있었다.

* * *

집에서 지현과 함께 텔레비전으로 방송을 보고 있던 건형이 그 날을 회상했다.

건형은 이날 완전기억능력을 끌어 올려서 노래를 불렀었다.

자신의 감정을 제대로 실어 보낸 노래.

그래서일까. 방청객들 대부분 눈시울을 붉혔고 울음을 쏟은 방청객들도 적지 않았다.

개중에는 실신해 쓰러진 방청객들도 있었다.

감정이 격해지면서 생겨난 현상이었다.

그 때문에 제작진은 다급히 119를 부르고 난리가 난 상태였다.

물론 이게 방송에 내보내질지 아니면 편집을 거칠지는 알 수 없었다. 어쨌든 건형은 홀가분한 마음으로 무대를 내려올 수 있었다. 그리고 자신을 괴물 쳐다보듯 보던 메인 작가와 막내 작가의 눈빛을 잊을 수 없었다.

그렇게 2주 전 일을 회상할 무렵 이지현이 건형의 옆구리를 쿡쿡 찔렀다.

"오빠, 또 검색어 1위 올랐어요."

"그래?"

몇 차례 검색어 1위를 해 본 건형이다.

이 정도 일은 대수롭지 않았다.

"가수해 볼 생각 없어요?"

"글쎄. 딱히 그럴 생각은 없어."

"마스크싱어는 왜 출연한 건데요?"

"백수였잖아. 백수니까 이것저것 해 보고 싶은 거지."

"예능도 할 생각 있어요?"

"예능? 그건 갑자기 왜?"

"며칠 전에 정 사장님이 그러셨는데, 방송국에서 저하고 오빠, 그 가짜 결혼하는 거 있잖아요. 거기 출연해 줄 수 없냐고 문의가 왔었대요."

"그래?"

남녀 연예인이 가상으로 결혼해서 알콩달콩 신혼살림을 꾸려 나가는 프로그램. 아마 그것을 말하는 것이리라.

그러고 보니 예전에도 지현은 이 프로그램을 촬영할 수 있냐는 제의를 받아 본 적이 있다고 했다.

그때 지현은 그 제의를 단칼에 거절했었다. 건형과 사귀고 있는데 그런 프로그램에 나가서 하하호호 하는 모습을 보여 주고 싶지 않았기 때문이다.

가상이긴 하지만 지현 입장에서 그런 건 영 내키지 않는 일이었던 모양이다. 그런데 이렇게 직접 이야기를 꺼내는 걸 보면 호기심이 생긴 모양이었다.

건형이 지현을 쳐다보며 물었다.

"관심 있는 모양이네. 관심 있는 이유라도 있어?"

"그냥 오빠하고 함께 찍으면 되게 재밌을 거 같아서요. 우리, 결혼할 거잖아요."

"응, 그래야지."

"그 전에 미리 체험해 보는 셈 쳐도 될 거 같고요."

"뭐, 그것도 나쁘지 않지만……."

그러나 시간이 없었다.

지금은 백수로 지내고 있지만 언제까지 백수로 지낼 생각은 없었다. 더군다나 건형은 해야 할 일이 많았다.

뉴욕을 가 봐야 했고 마스터를 만나야 했고 또 그 정체불명의 남자를 만나 봐야 했다. 그뿐만 아니라 장형철과 국회의원 강해찬을 어떻게 해야 할지 그 방법을 모색해 봐야 했고 태원 그룹의 일도 해결해야 했다.

또 사사건건 자신에게 러브콜을 보내고 있는 쌍강, 두 그룹을 떼어 낼 필요도 있었다.

이래저래 해야 할 일이 많은 상황에서 지현과 예능 프로그램을 찍을 정신은 없었다.

"미안. 이제 슬슬 해야 할 일이 많아질 거 같아서 어려울 거 같아."

"괜찮아요. 그보다 내일 같이 고아원 가기로 한 거 잊은 거 아니죠?"

"하하, 종종 까먹나 본데 내가 무언가를 잊어 먹을 리 없잖아."

"그, 그건 그러네요."

건형은 완전기억능력자다.

모든 걸 기억할 수 있다.

그런 건형한테 잊어 먹었냐고 물어보는 것만큼 어리석은 질문도 없다.

지현이 어색한 얼굴로 말했다.

"여하튼 내일 꼭 다녀와요."

"그래."

아마 내일 고아원을 다녀온 후에 뉴욕으로 가 봐야 할 것 같았다.

마스터와의 약속.

그것을 계속해서 뒤로 미뤄 둘 수는 없었다.

* * *

두 사람은 아침 일찍 회사에서 가져온 SUV를 타고 백화점으로 향했다.

지난번처럼 아이들에게 선물로 줄 장난감을 사기 위해서

였다. 건형과 지현은 둘 다 모자를 푹 눌러쓰고 있었지만 연예인이라는 게 한눈에 티가 났다.

두 사람 모두 흔치 않은 기럭지에 이미 사람들의 시선을 사로잡는 아우라를 뿜어내고 있어서였다.

그렇다 보니 두 사람이 백화점 매장을 어느 정도 둘러볼 때쯤 두 사람 주변은 사람들로 바글바글거리고 있었다.

그것도 건형이 완전기억능력을 적당히 끌어내서 사람들의 접근을 막고 있었기에 망정이지 그렇지 않았다면 진즉에 사람들에 깔릴 뻔할 정도로 위험천만한 상황이었다.

장난감을 꽤 많이 사들였을 때 뒤늦게 백화점에서 경호원들을 보내왔고 그들은 두 사람을 안전하게 에스코트하기 시작했다.

그들의 도움을 받아 쇼핑을 무사히 마친 뒤 건형과 지현은 장난감을 한 아름 안고 SUV까지 도착할 수 있었다.

"앞으로 외출은 꿈도 못 꾸겠네요."

"괜찮아. 누구도 너한테 접근시키지 않을 거니까."

"치, 오빠가 대단한 건 사실이지만 슈퍼맨인 건 아니잖아요. 그게 말이 돼요?"

"응. 정말이래도. 그보다 슬슬 가자. 민수 형이 많이 기다리고 있을 거야."

"네. 오빠랑 함께 가는 건 정말 오랜만이네요."

지현의 표정은 평소보다 훨씬 더 밝아 보였다.

아이들을 만날 수 있다는 것 때문일까.

아니면 그들을 도울 수 있다는 것에서일까.

어쨌든 환해 보이는 그 표정에 건형도 덩달아 미소를 지어 보였다.

그렇게 SUV를 타고 두 사람이 도착한 곳은 사랑의 고아원이었다.

아버지의 흔적과 여태껏 아버지가 해 왔던 일들이 숨겨져 있던, 그 덕분에 지혁을 만날 수 있게 해 줬던 바로 그곳.

SUV가 도착했을 때 버선발로 마중 나온 사람이 있었다.

민수였다.

며칠 전 연락을 한 적이 있는데 그는 준비하던 7급 공무원 시험이 아닌 행정고시를 치르겠다고 했었다.

그러더니 이미 1차를 합격하고 2차를 준비 중이라고 들었다. 갑자기 공부가 잘되면서 충분히 합격할 수 있을 것 같다고 자신만만해했는데 건형은 뜻 모를 미소만 지어 보일 뿐이었다.

여하튼 사랑의 고아원에 도착한 뒤 두 사람은 오랜만에 사랑의 고아원 수녀님을 만날 수 있었다.

"오랜만에 찾아뵙습니다."

"어머, 그런 말씀 마세요. 계속해서 후원해 주신 거 정말 감사드립니다."

"별 거 아닌 약소한 금액이었습니다."

지현이 놀란 얼굴로 건형을 쳐다봤다.

이렇게 사랑의 고아원에 지속적으로 후원을 하고 있을 줄은 몰랐다.

"건형씨가 후원해준 덕분에 고아들을 더 많이 돌볼 수 있게 돼서 정말 감사하게 생각하고 있습니다."

"별말씀을요. 그리고 오늘 아이들을 위해 준비해 온 선물이 있습니다."

"호호, 애들은 그 선물보다 두 분을 더 반길걸요? 어제 방송된 마스크싱어를 보면서 애들 반응이 정말 열광적이었어요."

"노래 몇 곡 하는 건 어려운 일이 아니죠. 그럼 애들부터 보러 가죠."

"그렇게 하시죠. 이리로 오시면 됩니다."

민수와 자원봉사자들이 선물을 옮기는 동안 두 사람은 아이들을 만나러 대강당으로 향했다. 대강당으로 향하는 두 사람을 보며 자원봉사자 한 명이 물었다.

"바, 박건형하고 이지현 맞죠?"

"응, 맞아."

"대, 대박. 두 사람 여기 자주 와요?"

"아, 자주 오는 건 아니고. 지난번에 한 번 온 적 있어. 후원은 정기적으로 하는 편이고."

"민수 형은 어떻게 알아요?"

"예전에 건형이하고 잠깐 일한 적 있거든."

"대박. 말도 안 돼. 우리도 노래 들으면 안 돼요? 진짜 어제 마스크싱어 듣고 얼마나 울었는데요. 네?"

"일단 이거 다 옮기고 들으러 가자. 사실 나도 듣고 싶어 미치겠거든."

민수가 피식 미소를 지어 보였다.

그와 함께 손에 모터를 단 듯 그들의 움직임이 엄청나게 빨라졌다.

그들 모두 생각하는 건 다 똑같았다.

건형과 지현이 부르는 듀엣 무대.

그 노래를 직접 듣고 싶다는 것.

그리고 그들은 늦지 않게 강당에 도착할 수 있었다.

이미 무대는 꾸며진 상태였다.

Chapter. 05

　무대는 소박했다.

　방송국에서 불렀을 때의 무대와는 차원이 달랐다.

　평범하다 못해 초라하다고 표현해야 할 정도의 음향설비
만이 갖춰져 있었다.

　그렇지만 두 사람은 개의치 않았다.

　음악이라는 건 어디에서든 부를 수 있는 것이다.

　그리고 그들에게 이런 설비는 중요치 않았다.

　중요한 건 자신의 음악으로 그들에게 감동을 선사할 수
있느냐 하는 점이다.

그것이 가능하다면 음향 설비 따위는 아무 문제도 없게 되는 셈이다.

건형과 지현은 무대 위에 섰다.

마스크싱어 이후로 처음이다.

그리고 이렇게 아무것도 쓰지 않은 채 얼굴을 마주 보는 건 이번이 처음이다.

방청객들이 초롱초롱한 눈빛으로 두 사람을 쳐다봤다.

이곳 사랑의 고아원에 머무르고 있는 백여 명 남짓한 고아들이다.

이들이 무슨 사정으로 여기 머물게 됐는지는 모른다.

그리고 애초에 그건 상관하지 않는다.

지금 그들이 원하는 건 자신의 노래를 이들에게 불러 주는 것이다.

그리고 노래가 시작됐다.

사람들의 마음을 울리는, 그런 노래가 무대를 가득 장악했다.

'어떻게 이런 노래를 부를 수 있을까? 얼마나 아름다운 노래란 말인가.'

사랑의 고아원을 지키고 있는 원장 수녀는 눈을 동그랗게 뜬 채 지금 이 무대를 바라봤다.

믿기지 않는 광경이었다.

그녀 눈에는 두 사람이 마치 빛에 감싸인 것만 같았다.

아름답기 이를 데 없는 노래.

그리고 그 노래가 상처 입고 지친 사람들의 마음을 따스하게 감싸 주고 있었다.

그러면서 잔잔하게 마음을 두드리는 게 어째서 두 사람이 사람의 감정을 움직이는 노래를 불렀다고 평가받는지 이해할 수 있을 것 같았다.

이것은 이성으로 어떻게 판단할 수 있는 영역의 수준이 아니었다.

두 사람의 노래 모두 사람의 마음을 깊게 두드리고 있었다.

그러면서 저절로 마음을 낮게 만드는 중이었다.

힐링.

그랬다.

이 노래는 힐링이었다.

치유의 노래.

사람의 마음을 한없이 부드럽게 감싸 주는, 천상의 선율!

노래를 듣던 원장 수녀의 눈에서 눈물 한 방울이 또르르 흘러내렸다.

그녀는 진심으로 탄복하고 또 탄복하고 있었다.

'하느님⋯⋯.'

그녀는 성호를 그으며 조용히 눈을 감았다.

기도를 드려야 할 것 같았다.

이 아름다운 한 쌍의 천사를 내려보낸 하느님한테.

정적.

다들 눈만 껌뻑이고 있었다.

4분 남짓한 노래가 끝이 났지만 여전히 모두들 방금 전 무대에서 헤어 나오질 못하고 있었다.

"크흠."

잠시 고민하던 건형이 헛기침을 몇 번 했다.

그제야 사람들이 정신을 차렸다.

"와아아아아!"

아이들이 함성을 지르며 박수갈채를 보내왔다.

건형과 지현은 그 모습을 보며 뿌듯한 미소를 지었다.

이 미소, 이 박수갈채.

이것들은 그 무엇보다 더 소중하고 값지기 이를 데 없었다.

그렇게 노래가 마무리된 이후 지현은 아이들과 조금 더

놀아 주기로 했고 그러는 사이 건형은 이곳 사랑의 고아원 원장 수녀를 만나게 됐다.

원장 수녀님은 건형을 보자마자 환하게 미소를 지어 보였다.

"정말 감사드립니다. 이렇게 도와주시고 또 오늘 노래까지. 아이들이 정말 즐거워할 겁니다."

"별말씀을요. 그냥 제가 가진 재능 일부를 나눈 것에 불과합니다."

"호호, 아이들이 어제부터 얼마나 설레여 했는지 모릅니다. 저 장난감들보다 두 분이 오신다는 것 하나만으로 크게 만족할 테니까요."

"아이들이 반겨 줘서 저희도 기쁘네요. 그보다 사랑의 고아원 재정은 어떤 편입니까? 문제는 없죠?"

"물론입니다. 계속 후원해 주신 덕분에 더 많은 아이들을 돕고자 노력하는 중입니다. 요새 가출하는 아이들이 많다 보니 그 아이들도 챙기고 있는 편이죠."

"그렇군요. 민수 형, 도울 일 있으면 언제든지 말해. 바로 도와줄 테니까."

"그래, 고맙다."

오랜 시간 이곳에서 자원봉사를 하고 있는 민수도 밝게

웃어 보였다.

그렇게 원장 수녀님과 짧은 대화를 마친 뒤 건형은 따로 민수와 자리를 마련했다.

"시험 준비는 잘 되어 가는 거지?"

"아, 물론이지. 걱정하지 마. 이번에는 반드시 합격한다."

"그랬으면 좋겠네. 하하."

"그보다 너는 진짜 행운이다. 그때 내 말대로 지현이 잡은 게 행운이었어. 안 그러냐?"

민수가 아이들과 어울려 놀고 있는 지현이를 가리키며 말했다.

건형은 그 모습을 보며 아빠 미소를 지어 보였다. 그리고 고개를 끄덕였다.

"응, 내 인생에 있어서 최고의 선택이었지."

"그래, 알면 됐다."

"형은 공무원이 되면 뭐하려고 그래?"

"일단 뭐 있겠냐? 하라는 대로 굴러야지. 그리고 내가 할 수 있는 한 최선을 다할 생각이다."

"그래. 내가 응원할게. 형이라면 해낼 수 있을 거야."

건형은 민수에게 힘을 북돋워 줬다.

처음 자신이 완전기억능력을 얻었을 때부터, 아니 그 전

에 공사장에서 아르바이트를 할 때부터 민수는 자신의 멘
토나 마찬가지였다.

그렇다 보니 건형은 민수를 더욱더 응원하고 있었다.

*　　*　　*

시간은 순식간에 훌쩍 지나갔다.

어느새 오후였다.

이제 슬슬 헤어질 시간이었다.

그것을 직감한 아이들이 울음을 터트리기 시작했다.

벌써 헤어지고 싶지 않다는 항의의 표현인 셈이다.

그렇지만 두 사람 모두 돌아가야 했다.

지현은 당장 몇 군데 행사에 참여해야 했다.

이곳에 스케줄을 뺀 것만 해도 회사 입장에서는 대단한
결심이었다.

한창 솔로 앨범이 나와서 솔로 앨범을 홍보하고 팔아도
모자를 판국에 고아원에 봉사를 하러 나왔으니.

그러나 두 사람 모두 이 일은 일체 비밀에 붙이고자 하고
있었다.

봉사하는 것을 다른 사람에게 알리면서까지 하고 싶지

않아서였고 또 하나, 그들이 이곳에 봉사했다는 게 알려질 경우 이곳이 시끄러워질 것을 염려한 행동이었다.

"그러면 다음에 또 찾아뵙겠습니다."

"조심히 들어가세요."

원장 수녀가 환한 미소로 두 사람을 배웅했다.

그리고 두 사람은 차를 타고 사랑의 고아원을 벗어났다.

건형이 운전을 하는 사이 지현은 김정호 실장과 통화를 하고 있었다.

"네, 오빠. 곧 도착할 거예요. 건형 오빠가 데려다주고 있어요. 네? 뭐라고요?"

통화를 끊은 지현은 다급히 스마트폰을 확인했다.

그리고 그녀가 한숨을 길게 내쉬었다.

건형이 의아한 얼굴로 물었다.

"무슨 일 있어?"

"네, 큰일이 터졌어요."

"뭔데 그래?"

"……우리가 사랑의 고아원에 갔던 게 기사화됐어요."

"누군데?"

"모르겠어요. 한 일간지 기자인 거 같은데…… 아, 그 사랑의 고아원에 왔던 자원봉사자, 그 사람들이 제보한 모양이에요."

"별수 없어. 어차피 언젠가는 알려질 일이었어. 그냥 그게 조금 더 앞당겨졌다고 생각하자."

"그렇게 생각해야겠네요. 그보다 사람들이 몰려들지 않았으면 좋겠어요. 시끌벅적해지는 건 싫은데……."

사실 그곳에 가서 두 사람도 힐링을 받고 있었다.

아직 순진한 아이들과 함께 놀아 주며 그것을 통해 적지 않은 도움을 받고 있었다.

어떻게 보면 사랑의 고아원은 두 사람한테 일종의 은신처, 보금자리나 다름없었다.

그런데 이렇게 기사화된 이상 그곳에 사람들이 몰려들기 시작할 테고 그렇게 되면 더 이상 그곳에 발걸음 하기 어려워질 거라는 건 당연한 사실이었다.

그때 건형에게도 전화가 왔다.

건형이 블루투스로 전화를 받았다.

"여보세요?"

[야, 건형아. 이거 어떻게 기사화된 거냐?]

전화를 건 건 민수였다.

그도 뒤늦게 기사를 보고 깜짝 놀라서 전화를 건 것 같았다.

"아무래도 그 고아원에서 자원봉사하던 사람들 있잖아요. 그 사람들 중 한 명이 기자한테 알린 모양이에요."

[……알았다. 와 줘서 고맙다. 조심히 돌아가라.]

"네, 형."

그러는 사이 어느새 건형은 회사 앞에 도착할 수 있었다.

회사 앞에서 지현을 내려 준 건형은 지혁을 만나기 위해 차를 돌렸다.

"조심하고 끝나면 연락해."

"오빠야말로 조심해서 운전하세요."

지현을 떠나보낸 뒤 건형은 차를 몰아 강남을 빠져나가기 시작했다.

그렇게 순식간에 강남을 빠져나온 건형은 지혁한테 전화를 걸었다.

"형, 어디예요?"

[여기? 지금 성남에 있어. 이쪽으로 와. 잭슨 교수님도 이곳으로 오기로 했으니까.]

"예. 알았어요. 금방 갈게요."

*   *   *

성남에서 건형은 지혁과 헨리 잭슨 교수를 만날 수 있었다.

오랜만에 보는 헨리 잭슨 교수는 조금 말쑥해진 상태였다.

요즘도 헨리 잭슨 교수는 대학교를 돌며 강연을 틈틈이 하고 있다고 들었다.

원래 강연 같은 걸 하면서 재능을 썩힐 사람이 아니었다.

세계적인 석학이 바로 헨리 잭슨이다.

아직도 그가 연구해야 할 게 산더미처럼 많다.

그런 그한테 이런 곳에 갇혀 있으라는 건 형벌이나 마찬가지다.

헨리 잭슨도 슬슬 하버드로 돌아가고 싶어 하고 있었다.

그것 때문에 건형은 이 자리를 마련한 것이었다.

"인마, 너는 또 무슨 사고를 친 거야!"

지혁은 오늘 건형이 또다시 검색어 순위에 오르락거리는 걸 보며 그를 타박했다.

"그게 사랑의 고아원에 잠깐 갔다 왔는데 그걸 누군가 또 기자한테 알려 버리는 바람에…… 별거 아니에요."

"하여간. 하루라도 사고를 치지 않으면 손에 가시가 돋냐? 너 때문에 나만 힘들지."

투닥거리던 도중 건형이 힘 있는 어조로 입을 열었다.

"오늘 두 분을 보고자 한 건 하나 알려 드릴 게 있어서예요. 빠르면 이번 주, 늦어도 다음 주에는 미국에 한번 찾아가려 해요."

"괜찮겠어?"

지혁이 걱정스러운 얼굴로 건형을 쳐다봤다.

뉴욕은 적들의 심장이 있는 곳이다.

일루미나티의 근거지.

그곳을 혈혈단신으로 가겠다는 건 무리다.

"괜찮아요. 그랜드 마스터도 알고 있을 거예요."

현재 건형은 완전기억능력자다.

불완전기억능력자가 아니다.

그랜드 마스터는 그 차이에 대해 누구보다 잘 알고 있을 사람이다.

"그런 다음 그도 만나 봐야 해요."

"그러면…… 설마 그 사람?"

지혁이 입술을 파르르 떨었다.

지혁은 한때 그한테 납치당한 적이 있다.

그리고 기억상실증에 걸려 한국에 되돌아 왔었다.

그 끔찍했던 경험.

그것은 그한테 트라우마로 남아 있다.

"결사반대! 일루미나티는 몰라도 그 남자는 안 돼!"

"그 남자가 저를 만나고 싶어 해요. 만나 볼 필요가 있어요."

"안 돼! 그건 반대야! 너무 위험해. 절대로 안 돼!"

지혁의 육감이 계속해서 경고를 보냈다.

두 사람을 만나게 해서는 안 된다는 맹렬한 경고.

그렇지만 건형의 고집도 만만치 않았다.

"그리고 이번에 뉴욕 갈 때 교수님도 같이 가시죠. 하버드 대학교에는 미리 연락을 해 뒀어요. 흔쾌히 반기더군요. 게다가 아이젠하워 가문이 13인 위원회에서 쫓겨난 이상 눈치를 볼 일도 없을 거고요."

"고맙군."

헨리 잭슨 교수가 환하게 미소를 지어 보였다.

"나는 무조건 반대다. 절대 반대!"

그 와중에 지혁만 계속해서 결사반대를 외치고 있었다.

그러나 건형은 모든 걸 순차적으로 해결해야 한다고 생각하고 있었다.

자신의 앞에 산재한 수많은 문제들.

개중 뭐 하나 소홀하게 처리할 수 없었다.

일단 가장 급한 것부터 해결해야 했다.

개중에서 가장 급한 건 역시 그랜드 마스터, 그리고 일루미나티와 얽힌 일이었다.

건형은 그들과 적대할 생각은 없었다.

그들이 지현을 납치하려 했지만 그것은 노벨 아이젠하워, 그의 단독 행동이었다.

그랜드 마스터 역시 그 점을 충분히 사과했고 그 이후 아이젠하워 가문을 13인 위원회에서 내쫓았다.

아이젠하워 가문은 미국 정계에서 이제 힘을 잃게 될 것이다.

미국 정·재계를 좌지우지하고 있는 일루미나티의 눈 밖에 나게 된 것이니까.

어쨌든 간에 그랜드 마스터를 만나 봐야 했다.

그리고 그의 의중을 읽어야 했다.

그러는 한편 정체불명의 그 남자도 만나 볼 필요성이 있었다.

도대체 그가 바라는 건 무엇인지, 그리고 그가 지혁을 납치한 이유는 무엇인지, 자신한테 바라는 건 무엇인지 알아야 했다.

그가 자신한테 일루미나티의 정체, 헨리 잭슨 교수의 정체에 대해 알려줬었으니까.

건형 입장에서 그는 아군이지만 적군이기도 했다.

일단 뉴욕에 한번 찾아갈 필요는 있다는 이야기였다.

지혁을 설득시키는 게 가장 어려웠다.

다시 하버드 대학교로 돌아갈 수 있다는 말에 헨리 잭슨
교수는 정말 기뻐했다. 예정되어 있던 강연을 모조리 취소
하고 바로 짐을 꾸리기 시작했으니까.

그러나 지혁은 아니었다.

지혁은 여전히 불편해하고 있었다.

트라우마로 남은 그 남자.

그 남자 때문이었다.

"형, 괜찮아요. 걱정하지 않아도 돼요."

"인마, 네가 만약 납치라도 당해 봐. 지현이가 나를 얼마
나 들들 볶아 대겠냐?"

"납치당할 일 없어요."

"만일이라는 게 있잖아. 만일이라는 게."

"……여하튼 다음 주 월요일에 출발하기로 했으니까 그
렇게 아세요."

"야! 너 어떻게 그럴 수 있어! 걱정하는 사람 마음은 모
른 척할 거야?"

"휴, 그래도 꼭 가야 하는 일이에요. 형도 알잖아요."

"……쳇, 멍청한 놈. 너 마음대로 해!"

"고마워요, 형. 기념품 멋진 걸로 사 올게요."

"됐어! 연락이나 꼬박꼬박 해!"

뉴욕행 퍼스트 클래스 두 자리를 끊은 다음 건형은 다음 주 곧장 인천국제공항으로 향했다.

인천국제공항으로 가는 스타크래프트 밴 안에는 건형과 헨리 잭슨 교수, 지혁 그리고 지현이 함께하고 있었다.

운전 중인 김정호 실장은 스타크래프트 밴 안에 깔린 이 무거운 분위기에 아무 말도 꺼내지 못하고 있었다.

그때 지현이 적막을 깨고 입을 열었다.

"도착하자마자 연락해요. 알았죠?"

"그래, 걱정하지 마. 별일 없을 거야."

"너 진짜 지현이 울릴 일 만들기만 해 봐. 나한테 먼저 죽을 줄 알아."

어느새 지혁은 지현을 제수씨 대하듯 하고 있었다.

지현도 지혁에게 깍듯이 굴고 있었다.

지혁이 건형의 아버지와 호형호제하던 사이였고 또 지혁이 건형을 얼마나 잘 챙기고 있는지 알고 있었기 때문이다.

"걱정하지 마요. 그럴 일 없으니까요."

그렇게 인천국제공항에 도착하고 건형이 내렸을 때였다.

카메라 플래시가 터졌다.

냄새를 맡은 기자들이 인천국제공항에 몰려온 것이다.

건형은 한숨을 길게 내쉬었다.

그러나 그것도 잠시 그는 이것을 기회로 여겼다.

자신이 뉴욕으로 출국한다는 게 국내는 물론 미국까지 알려질 테니까.

자신이 만약 납치당하게 된다면?

세계 수많은 사람들이 이 일을 알아차리게 될 터였다.

건형 입장에서 그것은 나쁘지 않은 일이었다.

이후 헨리 잭슨 교수가 내렸고 지현도 내렸다.

지혁은 내리지 않았다.

그렇게 스타크래프트 밴이 자리를 떠난 뒤 건형과 지현은 서로 사이좋게 팔짱을 낀 채 출국장으로 향했다.

기자들이 달라붙어서 인터뷰를 하려 했지만 사전에 이야기를 전해 받은 공항 경호원들이 그들을 막아서고 있었다.

그렇게 출국장에 도착한 건형은 간단히 인터뷰를 진행했다.

"미국에는 어쩐 일로 가시는 겁니까?"

"개인적인 볼일 때문입니다."

"마스크싱어에 출연하셨는데 출연하신 이유를 알 수 있을까요?"

"진 PD님과 인연이 어찌어찌 닿아 있다 보니 출연하게 됐습니다."

"생각보다 노래 실력이 대단하시던데 음반 발매는 생각이 없으신가요?"

"뉴욕을 갔다 와서 고민해 볼 생각입니다."

"지현 씨와 듀엣으로 낼 생각은 없으십니까?"

"고민 중입니다."

"언제 결혼하시죠?"

"글쎄요. 빠르면 내년이 되지 않을까 싶네요."

그리고 건형은 인터뷰를 마무리 지은 다음 출국장으로 향했다.

이제 뉴욕으로 건너가 봐야 했다.

"갔다 올게."

지현은 눈물이 그렁그렁한 얼굴로 건형을 바라봤다.

막상 건형을 뉴욕으로 보낸다고 생각하니 그녀도 걱정이 되는 모양이었다.

그녀가 납치당한 적이 있으니 그럴 만했다.

그렇지만 이제 출발해야 했다.

그렇게 두 사람은 작별을 고했고 건형과 헨리 잭슨 교수는 출국장 너머로 사라졌다.

뉴욕 JFK 공항에 도착한 두 사람은 공항 앞에 도착해 있는 리무진을 확인할 수 있었다.

뉴욕에도 적지 않은 기자들이 나와 있었다.

뉴욕타임즈부터 시작해서 각양각색의 매체에서 두 사람을 취재하고자 준비 중이었다.

건형과 헨리 잭슨 교수는 그들을 뒤로한 채 리무진에 올라탔다.

"어서 오십시오. 안전하게 모시도록 하겠습니다."

리무진 기사가 출발했다.

두 사람은 목적지를 물어보지 않았다.

그들이 알아서 준비해 뒀을 것이라고 믿고 있었다.

잠시 뒤, 리무진이 도착한 곳은 커다란 호텔이었다.

"피곤하실 거 같다고 일단 이리로 안내해 드리라고 했습니다."

타임스퀘어 근처에 위치한 호텔로 시차 적응을 위해 일루미나티 쪽에서 준비해 둔 모양이었다.

"배고프시면 언제든지 룸서비스를 이용하시면 됩니다.

저는 아침에 찾아뵙도록 하겠습니다."

"감사합니다."

건형과 헨리 잭슨 교수는 체크인을 했다.

그들을 위해 준비된 곳은 가장 좋은 스위트 룸이었다.

일국의 대통령들이 주로 머물렀다고 하면서 호텔 지배인
은 연신 설명을 멈추지 않았다.

월스트리트 최고의 투자 전문가이자 세계적인 학자 건형
과 세계적으로 명망 높은 수학자, 두 사람의 방문이다.

유명인이 머무를수록 그 호텔의 값어치는 높아지기 때문
에 지배인은 각별히 주의에 주의를 기울이고 있었다.

방에 들어온 건형은 곧장 지현에게 연락을 걸었다.

지현이 전화를 받았다.

그녀의 목소리는 꽤 피곤해 보였다.

"무슨 일 있어?"

[별일은 아니고 행사 갔다 왔어요. 이제 슬슬 자야죠.]

서울 시간은 뉴욕보다 하루 더 빠르다.

지금 뉴욕 시간이 저녁 12시.

서울은 새벽 1시일 터.

"힘들면 행사는 안 다녀도 돼. 돈이 부족한 것도 아니고.
말하기 힘들면 내가 정 사장한테 이야기해 둘게."

[네, 알았어요. 오빠. 오빠는 뉴욕에 도착한 거예요?]

"응, 방금 전에 도착했어. 호텔에서 하룻밤 자고 내일 만나게 될 거 같아. 교수님은 곧장 보스턴으로 넘어가실 거고."

하버드 대학교는 보스턴에 위치해 있다.

보스턴은 뉴욕에서 3~4시간 정도 걸린다.

헨리 잭슨 교수는 비행기를 타고 보스턴으로 넘어갈 예정이었다.

그렇게 보면 오늘이 헨리 잭슨 교수와 보내는 마지막 하루인 셈이다.

나중에 또 보게 될 수 있지만 언제 보게 될지는 알 수 없는 일이니까.

[그럼 잘 자요. 저도 이만 자러 갈게요.]

"그래."

[건강히 돌아와야 해요. 알았죠?]

"응. 걱정하지 마."

건형은 전화를 끊었다.

헨리 잭슨 교수가 흐뭇한 표정으로 건형을 바라보며 말했다.

"정말 좋겠어. 그렇게 걱정해 주는 사람이 있으니까 말이야."

"제게는 축복이나 다름없습니다."

"그래. 내일 일루미나티를 만나게 되면 각별히 주의를 하게. 그랜드 마스터, 그는 보통 사내가 아니야. 자네도 알 겠지만 혹시 몰라서 덧붙이는 거네."

"물론입니다."

일루미나티를 이끌고 있는 사람이다.

평범한 사람은 아니다.

건형도 지난날 그를 만나 본 적이 있다.

당연히 각별히 주의를 기울일 생각이었다.

그렇게 하룻밤이 지났다.

이튿날 헨리 잭슨 교수는 택시를 타고 다시 공항으로 돌 아갔다.

보스턴으로 떠나기 위해서였다.

그를 배웅한 뒤 건형은 리무진을 타고 이동했다.

일루미나티의 그랜드 마스터.

그를 만나기 위해서였다.

리무진이 부드럽게 움직였다.

그렇게 꽤 오랜 시간이 지나서 리무진이 도착한 곳은 커 다란 저택이었다.

뉴욕 근교에 지어진 대저택.

그리고 이곳이 바로 일루미나티의 근거지이기도 했다.

"이곳으로 들어가시면 됩니다."

리무진 기사를 뒤로한 채 건형은 대저택 안으로 발걸음을 옮겼다.

그가 들어오자마자 늙수그레한 사내가 반겨왔다.

"어서 오십시오. 일루미나티에 오신 걸 환영합니다."

"처음 뵙겠습니다. 박건형이라고 합니다."

"소문은 익히 들었습니다. 저는 메로빙거라고 합니다."

메로빙거.

삼각위원회의 삼각수장 중 한 명이자, 일루미나티의 그랜드 마스터가 가장 신뢰하고 있는 사내.

건형이 살짝 경각심을 드러냈다.

그가 환하게 웃으며 말했다.

"그렇게 경계하실 거 없습니다. 그랜드 마스터께서 어떤 요구가 됐든 당신의 편의를 봐 달라고 명령하셨습니다. 이곳에서 당신을 적대할 사람은 아무도 없을 겁니다."

"그렇군요."

"그럼 따라오시죠."

메로빙거를 따라 움직였을 때 건형은 비스듬히 등을 기

댄 채 자신을 쳐다보고 있는 아름다운 여자를 마주할 수 있었다.

'루시아 베네딕트……'

베네딕트 가문의 유일한 후계자이자 CFR(외교협의회)의 수장.

게다가 그녀는 바티칸과 긴밀한 관계이기도 했다.

거기에 한때 자신을 암살하러 오기까지 했었다.

그녀는 묘한 눈빛으로 건형을 바라보고 있었다.

호감과 적대감이 적절히 섞인 그런 눈빛이었다.

그녀를 지나친 뒤 건형은 대저택의 중심으로 향했다.

그리고 커다란 문 앞에 도착했을 때 건형은 본능적으로 느낄 수 있었다.

이 안에 그랜드 마스터, 그가 있다는 것을.

"그랜드 마스터께서는 오랜 시간 당신을 기다려 왔습니다."

"저는 얼마 전에도 그를 만난 적이 있습니다."

"하하, 그것도 사실이긴 하지만…… 뭐 직접 만나 보면 아실 수 있을 겁니다."

그리고 메로빙거, 그가 문을 열어젖혔다.

"들어가시죠."

문 너머에는 또 다른 문이 존재했다.

메로빙거는 더 이상 들어서지 않았다.

건형은 홀로 문을 열어젖혔다.

그리고 그 안에는 거인이 앉아 있었다.

예전에 한 번 마주했지만 그때와는 차원이 달랐다.

정말 거대한 산맥이 자신의 앞을 가로막고 있는 듯한 기분이었다.

'거인이다. 이 사람은.'

건형은 단숨에 느낄 수 있었다.

그랜드 마스터.

그가 얼마나 대단한 사내인지를.

그렇게 되니 의구심이 들었다.

지난번 하와이에서 자신이 만났던 그 그랜드 마스터와는 왜 이렇게 차이가 나는 것인지.

건형이 딱딱한 얼굴로 그랜드 마스터를 바라보고 있을 때 그랜드 마스터가 입을 열었다.

"완전기억능력자라 해도 모르는 건 있는 모양이군. 하와이에서 만났던 내가 지금의 나와 왜 다른지 궁금한 건가?"

건형은 솔직하게 고개를 끄덕였다.

그가 입가에 미소를 그리더니 손가락을 한 번 튕겼다.

그러자 스르르륵 하며 그 옆에 또 다른 그가 하나둘 모습을 드러내기 시작했다.

 '분신? 복제?'

 건형이 눈을 크게 떴다.

 잠시 뒤 방 안에는 수십 명의 그랜드 마스터가 자신을 바라보고 있었다.

Chapter. 06

그랜드 마스터가 방긋 미소를 지어 보였다.

"놀랬나? 하하, 사실 말도 안 되는 이야기지."

건형은 그를 뚫어지게 바라봤다. 그리고 그게 단순한 트릭이라는 걸 깨달을 수 있었다.

빛을 이용해 만든 일종의 신기루 같은 것이었다.

그랜드 마스터는 흥미로운 얼굴로 건형을 쳐다보며 말했다.

"한 가지 물어보고 싶은 게 있네."

"말하시죠."

"우리와 대적한 이유가 무엇인가?"

"⋯⋯."

그 이유를 밝히려면 그 정체불명의 사내에 대해서도 이야기해야 한다.

그가 헨리 잭슨 배후에 일루미나티가 있다고 알려왔고 건형은 그 이후 일루미나티에 대해 조사했으며 그리고 일루미나티를 막아야 한다고 생각하게 됐기 때문이다.

'그러고 보니 내가 왜 일루미나티를 막아야 한다고 생각하게 된 거지?'

일루미나티는 어떻게 보면 건형과는 아무 상관 없는 곳이다.

일루미나티의 이념이 세계 정복이라고 한들 평범한 사람들한테는 별거 아닌 일이다.

그들이 세계 정복을 한다고 해서 자신한테 피해가 돌아오는 건 아니니까.

평범한 사람들은 그냥 평범하게 살아가는 것이고.

결국 윗대가리들끼리 전쟁을 벌이게 될 뿐이다.

건형은 의식의 흐름을 뒤집어 올라가 봤다.

어디서부터 자신이 이런 생각을 하게 된 것인지.

계속해서 고민해 보던 건형은 한 가지 자신이 간과했던

것을 떠올릴 수 있었다.

그 정체불명의 사내와 통화했을 때.

그때 이후로 건형은 무의식적으로 일루미나티를 적대해야 한다고 생각하고 있었다.

그 이전까지만 해도 건형은 일루미나티를 알고 있지 않았다.

그냥 일루미나티는 프리메이슨처럼 허구 속에 존재하는 비밀 결사 단체 정도로 여겼다.

그런데 그 정체불명의 사내와 대화를 나눈 이후 건형의 태도가 완전히 바뀌었다.

일루미나티를 이유 없이 증오하게 됐고 어떻게 해서든 그들을 훼방 놓아야 한다고 생각하게 됐다.

어떻게 그게 가능했을까.

그것을 알아보려면 그 정체불명의 사내를 만나 볼 필요가 있었다.

건형의 생각이 깊어지자 그랜드 마스터는 흥미로운 눈빛으로 그를 빤히 쳐다봤다. 그리고 그는 자신의 능력을 깊이 끌어 올렸다.

아까 전 분신술은 건형을 안심시키기 위한 수작에 불과했다.

그의 진짜 능력은 다르다.

그는 상대의 마음을 들여다볼 수 있는 능력이 있다.

물론 상대의 정신 보호막이 강력하다면 그만큼 읽어 낼 수 있는 것도 적지만 그래도 상대의 기억을 읽을 수 있다는 것은 엄청난 능력이다.

그랜드 마스터.

그는 건형의 기억을 들여다보기 시작했다.

'크읍.'

시작부터 강력한 보호막이 그의 공격을 막아섰다.

건형에게는 믿을 수 없을 만큼 강력한 보호막이 자리 잡고 있었다. 그리고 그 보호막이 누구의 침입도 불허하고 있었다.

그러나 그랜드 마스터는 끈질기게 공략을 시도했고 건형의 기억 일부분을 읽어 낼 수 있었다.

그렇게 기억을 본 순간 그랜드 마스터가 눈을 크게 떴다.

"이, 이럴 수가······."

그랜드 마스터가 얼굴을 일그러트렸다.

믿을 수 없는 광경이 눈앞에 새겨지고 있었다.

'그, 그가 살아 있었단 말인가?'

그랜드 마스터는 이해할 수 없다는 얼굴로 건형을 쳐다

봤다.

그가 살아 있을 수도 있다.

그런데 그는 어떻게 건형과 접촉한 것일까.

아직까지 살아 있다고 해도 그는 지금 수감 중이다.

그랜드 마스터는 초조한 얼굴로 주변을 둘러봤다.

지금이라도 당장 확인하고 싶었다.

무저갱에 갇혀 있을 그를 확인해 봐야 했다.

만약 그가 탈출을 했다면?

세상에는 지옥이 펼쳐질 게 분명했다.

그리고 그가 건형을 만나게 된다면?

'그, 그것만큼은 막아야 해. 자칫 잘못했다가는…….'

일루미나티가 역사에서 완전히 지워질 수도 있다.

언제나 역사의 어둠 속에서 움직이며 조용히 미래를 준비했던 일루미나티다.

그런 일루미나티가 흔적 하나 남기지 못하고 송두리째 사라지게 될 수도 있다.

그 순간 건형이 상념 속에서 빠져나왔다.

건형은 상념에서 벗어나자마자 그랜드 마스터가 아까 전과는 조금 달라졌다는 걸 느낄 수 있었다. 그리고 자신의 머릿속을 지나다니는 이질적인 느낌도 함께 확인했다.

"나한테 무슨 짓을 한 거죠?"

"그, 그것은 중요하지 않아. 그, 그는 어떻게 알게 됐지?"

"누구를 말하는 것입니까?"

"내가 지금 누구를 말하고 있는지 자네 역시 짐작하고 있을 텐데?"

건형이 의아한 얼굴로 그를 쳐다봤다.

황금빛 가면을 쓰고 있는 탓에 그의 표정을 읽을 수는 없었다.

그렇지만 그의 행동을 보면 그가 지금 매우 당황해하고 있다는 걸 충분히 알 수 있었다.

"……."

"빨리 말하게. 지금 이건 대단히 중요한 문제일세."

그러나 건형은 대답하지 않았다.

괜히 그한테 유리한 정보를 제공해야 할 필요는 없었기 때문이다.

그 모습에 그랜드 마스터가 입술을 깨물었다.

자신과 메로빙거, 두 사람만이 아는 비밀이다.

이 비밀을 밝혀야 할지 말아야 할지 갈등하던 그는 하는 수 없이 자리에서 벌떡 일어났다. 그리고 다급히 메로빙거를 찾으며 방 밖으로 나갔다. 그 모습에 건형 역시 그 뒤를 쫓았다.

"메로빙거!"

얼마 지나지 않아 아까 전 만나 본 적 있는 메로빙거가 모습을 드러냈다.

그랜드 마스터는 메로빙거와 함께 자리를 황급히 이동했다.

건형이 뒤쫓으려 했지만 루시아 베네딕트가 그 앞을 가로막았다.

"당신은 저와 할 이야기가 있지 않던가요?"

"……없습니다."

"그럴 리가 없을 텐데요. 잠깐 이야기 좀 나눌 수 있을까요?"

그랜드 마스터의 뒤를 쫓아야 했다.

그렇지만 루시아 베네딕트를 무시할 수도 없었다.

지금 그녀 손에는 날카롭게 빛나는 레이피어 한 자루가 들려 있었기 때문이다.

*   *   *

두 사람이 자리를 옮긴 곳은 대저택에 있는 커다란 방 하나였다.

침대에 걸터앉은 루시아 베네딕트가 레이피어를 아무렇게나 떨어트려 놓았다. 그런 다음 그녀는 머리를 풀어헤치며 건형을 바라봤다.

건형이 침을 꿀꺽 삼켰다.

지금 루시아 베네딕트의 모습은 농염하면서도 퇴폐적이었다. 길게 늘어트린 백금발에 알비노 증후군으로 인한 새하얀 피부 그리고 살짝 풀어헤친 와이셔츠.

건형이 주춤하며 물었다.

"무슨 생각이시죠?"

"애초에 저한테 이상한 짓을 한 건 당신이잖아요. 저를 이상하게 만들어 놨어요. 그랜드 마스터한테는 아직 말하지 못했지만…… 지금 제 몸 안에는 이상한 불덩어리 같은 게 있어요. 도대체 이게 뭐죠?"

건형이 지끈거리는 머리를 부여잡았다.

완전기억능력의 부작용.

상대의 마음을 자신의 것으로 사로잡을 수 있는 그 능력이 루시아 베네딕트, 그녀한테도 발휘된 것이다.

그랜드 마스터가 도운 것인지 어떻게 된 것인지는 확실

히 모르겠지만 그래도 그녀는 자신의 암시를 풀었다.

그러나 완전기억능력의 능력 일부분은 그녀 몸 안에 남은 것이다.

그리고 그게 원래 주인인 건형을 만나자마자 불덩이처럼 달아오른 것이고.

"……당신은 연인이 있죠?"

"예, 그렇습니다."

"그녀도 저와 같나요? 저처럼 힘들어하나요?"

"그렇지 않습니다."

건형이 지현한테 부여한 능력은 극히 일부다.

눈곱만큼 적은 양.

지현이 부르는 노래, 그 노래 안에 담겨진 사람의 마음을 끌어당기는 힘은 그녀가 갖고 태어난 본연의 힘이다.

실제로 처음 사랑의 고아원에 함께 갔을 때 그때에도 그녀는 사람을 좌지우지할 수 있는 힘을 가지고 있었다.

건형이 그녀한테 부여한 능력이 아니라는 의미다.

"어째서죠? 그녀가 떠날까 봐 불안하지 않나요? 더 근사한 남자가 나타날 수도 있을 텐데요?"

"……그런 일은 없을 겁니다."

지현을 향한 건형의 신뢰는 절대적이다.

루시아 베네딕트가 그런 건형을 계속해서 흔들었다.

"그렇지 않을걸요. 그보다 저를 안아 줘요."

삼각위원회의 삼각수장 중 한 명이자 CFR(외교협의회)의 수장이기도 한 루시아 베네딕트.

일루미나티에서 세 손가락 안에 드는 권력을 쥐고 있는 그녀의 도발은 치명적일 정도로 매혹적이었다.

만약 건형이 지현과 사귀고 있는 사이가 아니었다면.

그리고 장래를 약속한 사이가 아니었다면?

건형은 그녀의 도발에 넘어갔을지도 모른다.

그만큼 그녀가 풍기는 매력도 어마어마한 것이었다.

그리고 그것은 지현처럼 타고난 것이었다.

지현이 노래를 통해 사람의 마음을 가지고 논다면 루시아 베네딕트 그녀는 타고난 자신의 미모를 바탕으로 사람의 마음을 홀릴 수 있는 힘을 가지고 있었다.

마치 옛날 전래동화에서 등장하는 구미호처럼 그녀는 치명적이었다.

그러나 건형은 아무렇지 않은 얼굴로 그녀를 대했다.

그녀의 유혹이 치명적이긴 하지만 건형에게 영향을 미칠 정도는 아니었다.

"미안합니다. 저는 그랜드 마스터를 만나보러 가야겠습

니다.”

루시아 베네딕트가 입술을 깨물었다.

여태 수많은 남자들이 자신을 향해 구애를 했었다. 이렇게 매몰차게 거절당한 적은 이번이 처음이었다.

레이피어를 잡으려 하던 루시아는 고개를 저으며 자리에 앉았다.

잡기 힘든 사냥감일수록 더욱더 구미를 자극하는 법이다.

루시아는 전의를 불태웠다.

그리고 건형이 그렇게 사랑해하는 연인인 지현이 누군지 또 어떤 매력을 가지고 있는지 파악하기 위해 움직이기 시작했다.

한편 건형은 홀로 근심과 걱정을 다 떠안은 거 같은 그랜드 마스터를 마주할 수 있었다.

그는 크게 당황한 듯 무언가 불안해하고 초조해하고 있었다.

“자, 자네. 뉴욕에 온 이유가 무엇인가? 나를 만나러 온 것 말고 진짜 이유 말이야!”

“당신을 만나 종지부를 찍기 위해서입니다. 계속 적대할지 아니면 원만하게 합의를 볼지. 여기 오면서 생각해 봤는

데 제가 굳이 일루미나티를 대적해야 할 필요는 없으니까
요."

주변 사람들을 위해서라도.

건형은 타협할 생각이었다.

괜히 자신이 심각하게 일을 벌이면 벌일수록 주변 사람
들이 다칠 수 있기 때문이다.

그래서 일루미나티에게 제안을 하러 왔다.

그랜드 마스터가 입술을 깨물었다.

"진짜 목적은 여전히 이야기하지 않는군. 어째서 그를
만나러 온 것이라고 이야기를 하지 못하는가!"

"……."

"그가 사라졌더군. 그는 지금 어디든 자유롭게 있을 수
있겠지. 그가 자네를 불러들였을 거야. 안 그런가? 자네를
만나고 싶다고 했겠지."

"……."

건형은 아무 말도 할 수 없었다.

지금 그랜드 마스터가 하고 있는 말은 전부 다 사실이었
기 때문이다.

"도대체 그는 누구입니까?"

건형이 그랜드 마스터를 쳐다보며 물었다.

그도 알아야 할 필요가 있었다.

선입견 없이 그를 만나고 싶다고 생각했다.

그렇지만 지금 그랜드 마스터의 태도를 보아하니 그렇게 해서는 안 될 것 같았다.

도대체 그는 누구인지, 왜 그랜드 마스터가 저렇게 당황해하고 있는지 그 이유를 알아볼 필요가 생겼다.

그랜드 마스터가 식은땀을 흘렸다. 주저하던 그가 한숨을 길게 내쉬며 입을 열었다.

"그는 공포이자 두려움일세. 그리고 인간의 가장 연약한 부분을 뜯어먹고 사는 괴물이지."

"……도대체 그게 무슨 말입니까?"

"완전기억능력자는 고대로부터 계속해서 존재해 왔다네. 세계적인 석학들이나 명망 높은 철학자들은 대부분 완전기억능력자들이었지. 그리고 그들은 자신의 능력을 바탕으로 사람들을 교화시키거나 또는 사람들을 이용하려 들었네."

호흡을 가다듬은 그랜드 마스터가 재차 말을 이었다.

"여태 완전기억능력자는 자연적으로 생겨났네. 한 세대에 한 명, 그게 자연의 법칙이었고 절대 불변하지 않았지. 그런데 이번 세대에 그 완전기억능력자가 둘이 나타났네.

기존에 있는 완전기억능력자와 새롭게 나타난 완전기억능력자. 그리고 새롭게 나타난 완전기억능력자가 바로 자네이지."

"그러면 기존에 있는 완전기억능력자는……."

"우리는 이미 철저하게 파악한 덕분에 그의 소재를 확인할 수 있었고 그를 붙잡아 둘 수 있었네. 그런 다음 그를 무저갱에 가둬 뒀지. 완전기억능력자는…… 이 세상에 풀어 둬서는 안 되는 괴물 같은 놈들이었으니까. 완전기억능력자가 자신의 능력을 완전히 각성하기 이전까지는 더욱더 그러하고."

"그렇다면……."

"그런데 그 완전기억능력자가 무저갱을 탈출했네. 언제 탈출한 것인지는 모르겠지만…… 그는 지금 바깥에 있다네. 그리고 그자가 바로 이 시대의 진짜 완전기억능력의 계승자이고 자네를 노리고 있는 그 공포이지."

'……그는 기억을 지울 수 있는 능력을 가지고 있던 게 아니었던가?'

건형은 그랜드 마스터 말에 머리를 감싸 쥘 수밖에 없었다.

뭐가 진실이고 가짜인지.

그것을 확인할 수 있는 길은 하나.

정체불명의 사내, 그를 만나 보는 것뿐이었다.

그렇지만 그랜드 마스터가 얼굴을 구기며 소리쳤다.

"여태 무슨 소리를 들은 건가? 분명히 이야기했을 텐데. 자네는 절대로 그자를 만나서는 안 돼!"

"이유를 알려 주십시오. 왜 제가 그를 만나면 안 되는지 그 이유를 말입니다. 그리고 그 이유가 타당하다고 생각되면 그렇게 하도록 하죠."

"……."

그랜드 마스터는 단도직입적인 건형의 질문에 아무 말도 할 수 없었다.

그것은 그가 평생 숨겨야 하는 비밀이었으니까.

결국 그랜드 마스터는 입을 다물었다.

'나를 만나지 못하게 만드는 것보다 더 중요한 비밀이라는 건가? 도대체 그랜드 마스터, 이자와 그는 무슨 관계인 거지?'

건형은 고개를 갸웃거렸다.

도대체 두 사람 사이가 어떻게 이루어져 있는 것인지 이해할 수가 없었다.

그렇게 서로 다른 생각을 하는 사이 시간이 속절없이 지나갔다.

한참 뒤 그랜드 마스터가 입을 열었다.

"그래, 그를 만나든 말든 그것은 자네에게 일임하도록 하지. 그렇지만 그를 만나게 되면 자네는 분명 크게 후회하게 될 거야. 암암, 그렇고말고."

"……이유를 알려 주시죠."

"이유는, 말해 줄 수 없네."

"그러면 앞으로 어떻게 할 생각이십니까?"

"일루미나티는 자네를 적대시할 생각이 없네. 오히려 자네를 13인 위원회의 한 명으로 끌어들이고 싶은 심정이야."

"13인 위원회는 명망 있는 가문만……."

"크흠, 그 정도는 문제 될 게 없네. 자네는 자네 혼자만으로도 충분히 13인 위원회의 일인이 될 수 있는 자격이 있으니까."

"그것은 사양하겠습니다. 더 이상 세 곳 사이에 껴서 이리저리 먼지 나듯 굴러다니는 건 이제 질색이라서요. 그럴 바에는 차라리 야인으로 살고 싶습니다."

"좋아. 가급적 서로 얽히는 일이 없었으면 좋겠네."

"……제가 BP하고 함께하고 있는 사업은 문제 될 일 없는 겁니까?"

"괜찮네. 어차피 석유 회사 놈들은 한 번쯤 손을 봐 줘야
했어. 그것을 자네가 선수 친 셈이지. 돈 좀 쥐었다고 하늘
높은 줄 모르고 기어오르려 드는 놈들한테는 본때가 필요
한 법이지."

그랜드 마스터가 코웃음을 쳤다.

건형은 이제 그를 만날 일이 없을 것 같다는 생각이 들었
다.

오히려 그게 훨씬 더 속 편했다. 그리고 자신의 일에 보
다 더 집중하게 될 수 있을 것 같았다.

"그럼 이제 뵐 일은 없겠군요."

"그렇겠군. 그리고…… 아니네. 내가 말을 한다고 마음
을 바꿀 거 같으면 진즉에 그리했겠지. 자네가 알아서 처신
하게. 그리고 그 책임 역시 자네가 져야 하겠지."

건형은 대저택을 빠져나왔다. 리무진이 대저택 앞에 대
기하고 있었다.

"어디로 모실까요?"

그가 어디 머무르고 있는지는 잘 알고 있다.

그렇지만 지금 당장 그를 만나러 갈 생각은 없었다.

그랜드 마스터.

그가 했던 말이 자꾸 머릿속을 맴돌고 있었다.

건형이 입을 열었다.

"호텔로 가 주세요."

"예, 알겠습니다."

뉴욕에 와서 머무르고 있는 호텔에 도착한 다음 건형은 스위트룸으로 향했다. 그러고 나서 그는 일단 지혁에게 전화를 걸었다.

얼마 지나지 않아 지혁이 전화를 받았다.

그가 초조한 목소리로 물었다.

[일은 잘됐냐?]

"예. 잘 해결했어요."

[다행이네. 그밖에 별다른 일은 없었지?]

"네. 걱정하지 않아도 될 거예요. 그런데 한 가지 마음에 걸리는 게 있어서요."

[마음에 걸리는 게 있다고?]

건형이 그랜드 마스터와 나눴던 대화를 이야기했다.

완전기억능력자가 자연적으로 세대를 지날 때마다 태어 났는데 이번 세대에 그 완전기억능력자가 두 명 태어난 점, 그리고 개중 한 명을 무저갱에 가둬 둔 것까지.

"그런데 그 완전기억능력자가 탈출했다고 하더군요."

[흠, 그러면 그 그랜드 마스터는 왜 너를 가두지 않은 거지?]

"글쎄요. 저를 제압하기 어려웠기 때문에 그런 게 아닐까요?"

[그러면 그 완전기억능력자를 제압했다는 것은…….]

"그는 제압할 수 있을 만큼 용이했다는 의미겠죠. 솔직히 말해서 저도 이해가 안 가는 부분이 많아요. 그래서 형한테 연락한 거예요. 그를 만나도 될지 만나면 안 될지, 형한테 조언을 구하고 싶었어요."

[나는, 네가 뉴욕에 간다고 했을 때부터 말했지만 결사반대였다. 그때에도 느꼈지만 지금도 비슷한 게 느껴져. 너와 그 남자는 동전의 양면 같은 존재야. 그런데 이 동전의 양면은 서로 마주 볼 수 없게 되어 있어.]

"당연하죠."

[너와 그가 비슷한 느낌이야. 절대 서로 마주 봐서는 안 되는 존재. 그런데 그 존재 둘이 마주친다고 생각하면…… 생각하기도 끔찍한 일이 일어날 것만 같다.]

지혁 말에 건형은 생각에 잠겼다.

아무래도 조금 더 고민을 해 봐야 할 것 같았다.

　　　　　*　　　*　　　*

　한편 건형이 떠난 뒤 그랜드 마스터는 곧장 원로회를 소집했다.

　무저갱으로 들어가기 위해서는 원로회의 재가를 얻을 필요가 있었고 그들과 동행해야 했다.

　처음 그랜드 마스터가 한 말을 원로회는 미치광이처럼 취급했다.

　완전기억능력자가 탈출했을 리가 없다는 것이었다.

　그러나 그랜드 마스터는 바득바득 우겨서 그들을 데리고 무저갱으로 향했다.

　무저갱은 다름 아니라 이곳 그랜드 마스터의 대저택 바로 아래 만들어져 있었다.

　엄청난 깊이에 만들어진, 단 한 명을 위한 감옥으로 이곳에 가둬지는 건 한 사람뿐이다.

　완전기억능력자.

　그를 위해 일루미나티는 오랜 시간 공들여서 이 감옥을 세웠다.

　그들이 이 감옥을 만든 이유는 하나 때문이다.

　세계를 단 한 사람이 손아귀에 넣고 흔드는 것을 막기 위해서다.

그렇지만 무조건 완전기억능력자를 제거하거나 이곳에 가둬 둘 수 있는 건 아니다. 그러기 위해서는 명분이 필요하다.

일루미나티가 움직이는 힘은 명분에서 나오기 때문이다.

그 명분이라는 것은 그 완전기억능력자가 세상을 얼마나 어지럽혔는지, 그것을 바탕으로 책정을 매기게 된다.

책정을 매기는 주체는 일루미나티의 원로들이다.

13인 위원회에서 자신의 일을 다한 사람들이 원로가 되는데 그들이 만든 원로회라는 조직은 허울뿐이긴 하지만 일루미나티를 견제하고 보조할 수 있는 유일한 기구인 것도 사실이다.

그런데 이들이 가장 강력한 힘을 가지게 되는 기간이 있으니 그것은 바로 완전기억능력자와 관련이 있다.

완전기억능력자가 위협 요소가 된다고 판단하는 게 바로 이들 몫이기 때문이다.

만약 이들이 봐서 완전기억능력자가 세계 평화를 위협하고 나아가 일루미나티의 존속을 위험할 수도 있다고 판단하면 그들은 과감하게 완전기억능력자를 무저갱에 가둘 것을 판정하게 한다.

이 결정은 만장일치에 따라 움직이게 되며 만장일치가 되지 않으면 이행할 수 없게 되어 있다.

이때는 그랜드 마스터라고 할지라도 원로회의 의견을 존중해야 했다.

모든 일루미나티의 사람들이 이들의 의견을 존중하기로 되어 있고 그랜드 마스터도 예외는 아니기 때문이다.

여하튼 그랜드 마스터는 원로들의 입건하에 그들과 같이 무저갱으로 발걸음을 옮겼다.

무저갱으로 향하는 중 원로 중 한 명이 얼굴을 구기며 말했다.

"자네가 잘못 안 거 아닌가? 그자가 어떻게 무저갱을 나올 수 있단 말인가."

"틀림없습니다. 사실입니다."

"허허, 믿을 수 없는 일이군. 이 지옥 같은 곳을 빠져나갈 수 있다고? 믿기지 않는 일이로다."

"만약 자네가 잘못 안 것이라면…… 우리가 이 일을 문제 삼을 수도 있다는 것을 알고 있을 테지?"

"물론입니다."

그들은 어이없는 얼굴로 그랜드 마스터를 힐끗 쳐다봤다가 계속해서 계단을 따라 감옥으로 내려왔다.

몇십 년 된 감옥이긴 하지만 최첨단 시스템이 갖춰져 있는 시설이다.

게다가 사람의 접근을 애초에 허용하지 않기 때문에 무인 시설로 운영되고 있었다.

먹을 것 역시 기계를 이용 중이었다.

애초에 사람의 접근 자체를 완전히 차단해 버린 것이다.

그런데 이곳을 누군가 뚫고 들어왔다고?

이 천혜의 요새 같은 곳을?

그러면 누구보다 그랜드 마스터 그와 13인 위원회의 사람들이 제일 먼저 알아차렸을 것이다.

원로들이 그를 믿지 못하는 이유가 그것 때문이었다.

그리고 무저갱 끝까지 내려왔을 때 그들은 감옥에 갇힌, 치렁치렁 머리를 길게 늘어트린 한 사내를 볼 수 있었다.

고개를 푹 숙인 탓에 살아있는지 죽었는지 확인할 수는 없지만 겉에서 뿜어지는 기세는 이전 세대의 완전기억능력자, 그가 분명했다.

"이래도 문제를 삼을 생각인가?"

"허허, 자네. 점점 이상해지는군."

"대의회를 소집해야 할지도 모르겠군."

대의회.

그랜드 마스터를 새로 선출하는 대회를 일컫는 말이다.

대의회를 소집할 수 있는 권한은 원로들과 13인 위원회의 위원들이 갖는다.

여기서 13인 위원회의 위원 대부분 그랜드 마스터의 손을 들어 주고 있지만 원로들은 그렇지 않다. 그들은 점점더 그랜드 마스터와 어느 정도 거리를 두고 있었다.

'이 늙은이들이 나를 몰아내려고 한다면……'

위협적이다.

이들은 여전히 일루미나티에 적지 않은 영향력을 미치고 있기 때문이다.

그때 한 노인이 커험거리며 헛기침을 하더니 입을 열었다.

"아이젠하워 가문을 축출한 것도 너무 섣부른 결정이었어."

"그러게 말입니다. 아이젠하워 가문 같은 명문가를 내치고 고작 들인 게 졸부라니. 이해할 수 없는 일입니다."

"그렇지 않습니다. 엘런 가문도 명문가입니다."

"그렇지만 아이젠하워 가문에 비할 바는 아니지 않은가."

"아이젠하워 가문의 신임 가주는 워낙 나이가 어리다 보니 중책을 맡기기에 무리가 있었습니다. 게다가 사사로운 감정을 앞세워 일루미나티를 위기로 몰아넣으려 했었죠. 원로분들도 다들 아는 이야기가 아닙니까?"

"흠흠, 어쨌든 그 일은 됐고. 이제 별 이상 없으니 그만 돌아가도록 하지. 이곳은 영 있기 껄끄럽단 말이야. 안 그 런가?"

"그러게 말일세. 허허. 돌아가자고."

그때였다.

그랜드 마스터는 조심스럽게 마력을 일으켰다. 그리고 그는 슬쩍 무저갱에 갇혀 있는 사내를 흔들었다.

'만약 내 짐작이 사실이라면…… 저 사내는 죽어있을 거 다. 내 도박수가 성공하기를.'

그 순간이었다.

쿵―

묵직한 소리를 내며 사내 몸이 고꾸라졌다.

"아니, 이게 무슨……."

"어떻게 된 겁니까?"

다들 당황한 얼굴로 무저갱 안쪽을 확인했다.

그런데 사내는 미동조차 하지 않고 있었다.

그때 컴퓨터가 알려 왔다.

[생체 반응 없음. 생체 반응 없음. 생체……]

그 말인즉슨 저기 있는 저 사내는 실상 시체라는 이야기였다.

원로들의 낯빛이 어두워졌다.

설마하니 그랜드 마스터가 한 말이 사실이라니.

"어, 어떻게……."

"정말 그자가 탈출을 했단 말인가!"

"이곳에서 탈출을 하다니. 있을 수 없는 일입니다!"

다들 경악을 금치 못한 채 주변을 확인했다. 혹시나 도망갈 만한 곳이 있는지 알아보기 위해서였다.

그런 원로들을 보며 그랜드 마스터가 이를 악물었다.

'역시……. 기어코 우려하던 일이 벌어졌군. 두 명의 완전기억능력자가 공존하게 되어 버리다니. 그보다 그놈을 진짜 만나러 가는 건 아니겠지? 내가 그렇게 강력하게 암시를 걸어 뒀는데도 만나러 간다면…….'

그랜드 마스터가 입술을 깨물었다.

상황이 영 여의치 않게 움직이고 있었다.

그렇지만 한편으로는 그에게 이득이 된 점도 있었다.

그랜드 마스터가 원로들을 바라보며 말했다.

"원로분들의 허락 없이 그 누구도 들어갈 수 없는 곳이 바로 이 무저갱입니다. 어떻게 그가 이곳을 탈출할 수 있었는지 우리 한 번 이야기를 해 봐야 할 거 같습니다."

전세 역전이었다.

한편 그랜드 마스터가 막 완전기억능력자가 무저갱을 탈출했다는 것을 알아차렸을 때 건형은 하버드 대학교에 도착한 헨리 잭슨 교수로부터 전화를 받고 있었다.

"잘 도착하셨습니까?"

[그래. 오랜만에 그립던 캠퍼스에 오니 반갑더군. 그보다 자네도 이쪽으로 건너오지 않겠나?]

"예? 제가요?"

[지금 당장 급한 일이 없다면 며칠 이곳에서 머무르는 게 어떻겠나? 다들 자네를 보고 싶어 하네.]

어차피 건형은 한동안 머리를 식히며 어떻게 하는 게 옳은 것인지 고민해 볼 생각이었다. 그리고 그에게 하버드 대학교는 최고의 선택이 될 수 있었다. 게다가 그곳엔 헨리 잭슨이라는 믿음직한 아군이 있기도 했다.

"알겠습니다. 지금 보스턴으로 건너가겠습니다."

그리고 건형은 곧장 보스턴으로 출발했다.

하버드 대학교 그리고 헨리 잭슨 교수를 다시 만나기 위해서였다.

건형은 보스턴 로간 국제공항을 둘러봤다.

오랜만에 들르는 보스턴이었다.

논문 협회 사이트에서 활동하다가 헨리 잭슨 교수를 알게 된 다음 그를 만나러 보스턴에 넘어온 이후 두 번째 방문이니 적지 않은 시간이 흐른 게 사실이었다.

건형은 보스턴 로간 국제공항을 둘러보다가 가방을 짊어진 채 발걸음을 옮겼다.

바깥에는 그리운 얼굴 두 사람이 자신을 기다리고 있었다.

"미스터 마이클! 미스 제인!"

두 사람은 헨리 잭슨 교수의 절친 마이클과 제인이었다.

마이클은 헨리 잭슨 밑에서 일하는 부교수였고 제인은 그런 마이클의 동기였다.

그런데 두 사람의 분위기가 심상치 않아 보였다.

서로 팔짱을 낀 채 환하게 웃고 있다.

"두 사람 설마……."

"하하, 미스터 팍이 생각하는 게 맞아. 우리 연애 중이야."

건형이 마이클을 쳐다봤다.

마이클은 어느덧 삼십대 중반을 바라보고 있었다.

슬슬 결혼을 해야 할 시기.

두 사람이 이렇게 사귀게 된 것만큼 좋은 일도 없다.

"이제 반년 약간 지났나? 이게 다 미스터 팍 덕분이지."

"응? 나 때문이라고?"

"그래. 어쨌든 보스턴에 돌아온 걸 환영해! 언제고 한번 보고 싶었는데 이렇게 보게 될 줄이야."

"고마워."

예전에만 해도 두 사람은 존칭을 썼다.

그러다가 건형이 크렐레 저널에 리만 가설을 증명한 논문을 올린 이후 마이클은 건형에게 친구가 되고 싶다고 이야기했다.

두 사람의 나이 차이가 적지 않았기 때문에 사실 조금 어색한 상황이었다.

그러나 마이클은 친구 사이에 나이가 무슨 대수냐며 밀어붙였고 지금 와서 건형은 마이클 그리고 제인과 둘도 없는 친구 사이가 되어 있었다.

그렇게 오랜만에 보는 미국 친구들을 보며 건형이 환하게 웃어 보였다.

세 사람은 나란히 주차장으로 발걸음을 옮겼다.

주로 질문을 하는 건 마이클과 제인이었고 건형은 두 사람의 질문에 성실히 대답했다.

처음 어떻게 지냈는지 뭘 하며 지냈는지 시시콜콜한 일상 이야기들이 오고 갔지만 그 이후에는 현재 그들이 연구 중인 새로운 논문 주제에 대한 이야기가 뒤를 이었다.

주차장에 주차된 자동차에 올라타면서 건형은 오랜만에 다뤄 보는 새로운 연구 주제에 살짝 골머리를 앓아야 했다.

요즘 들어 논문 사이트에 접속한 적이 없었고 딱히 공부를 해 두지도 않았기 때문이다.

그러나 이후 대화를 주고받으며 건형은 능숙하게 대화를 나눌 수 있었고 급기야는 그들에게 조언까지 곁들일 수 있는 정도가 되어 있었다.

그렇게 대화를 나누는 사이 어느덧 그들은 하버드 대학교에 도착한 상태였다.

"교수님은?"

"지금 한창 강의 중이실 거야. 같이 가 볼까?"

"둘이 잘 다녀와. 나는 준비해야 할 강의가 있어서. 오늘 반가웠어. 있다가 저녁에 봐."

제인이 먼저 쿨하게 떠난 뒤 건형은 마이클과 함께 헨리 잭슨 교수가 있는 곳으로 향했다.

현재 그는 새로 개설된 강좌를 한창 가르치고 있었다.

중간에 따로 강의를 개설한 것인데도 불구하고 적지 않은 수의 대학생들이 몰려든 탓에 인원을 제한해야 했을 정도다.

그들은 강의 중인 강당 뒤편 문으로 몰래 숨어들어 왔다. 그리고 맨 끝자리에 앉아 헨리 잭슨 교수의 강의를 듣기 시작했다.

'안색이 좋아 보이네.'

건형이 입가에 미소를 그렸다.

하버드 대학교로 돌아온 헨리 잭슨의 표정은 그 어느 때보다 밝았다.

아무래도 다시 강단에 돌아와서 학생들을 가르치고 있다 보니 활력이 샘솟는 모양이었다.

현재 그는 정수론과 관련해서 최신 이론을 설명 중이었다.

"확실히 강단에 돌아오니 활력이 샘솟는 모양이네?"

"그럼. 얼마나 열성 있게 가르치는지 알면 깜짝 놀랄 거야. 하하, 빨리 돌아오셔서 다행이고말고. 그동안 내가 얼마나 죽어 나갈 뻔했는지 알면 바로 기절초풍할 거야!"

"그래? 흠, 그보다 아이젠하워 가문 쪽에서는 별말 없었지?"

"그래. 그들은 현재 모든 외부 활동을 중지한 상태야. 덕분에 몇몇 교수님들은 조금 골치 아픈 상황이지. 그동안 받고 있던 후원이 적지 않았는데 죄다 끊겨 버렸으니까."

"연구 활동에 지장이 생긴 건가 보네?"

"응, 그런 셈이야. 뭐, 이름 있는 교수분들은 좀 덜한데 상대적으로 아직 덜 알려진 분들은…… 조금 골치 아프긴 하지. 그래서 후원자를 최근 구하고 있는 모양이더라고."

"그래?"

건형은 자신의 통장에 잠자고 있는 돈을 생각했다.

월스트리트에서 하루가 멀다 하고 적지 않은 돈을 벌어들이고 있었다.

처음에는 과감하게 투자를 해 왔다면 지금은 안정적으로 적당히 이득을 보게끔 유지해 둔 덕분이었다.

그 때문에 그의 통장에는 그도 모르게 엄청난 부가 쌓이고 있는 중이었다.

'그 돈으로 후원을 하는 것도 나쁘지 않겠네.'

은행에 묵혀 둬 봤자 어차피 은행 배를 불리는 일이다.

차라리 그보다는 좋은 일에 발 벗고 나서는 게 훨씬 더 바람직할 터였다.

"오늘이나 내일 한번 자리를 마련해 줄 수 있겠어?"

"누구? 아, 후원할 생각이 있는 거야?"

"그것 때문에 일부러 이야기 꺼낸 거 아니야?"

"하하, 뭐, 그것도 있긴 있었지. 네가 월스트리트에서 그렇게 유명한 마이더스의 손이라고 들었었으니까. 다들 좋아하실 거야."

"그래. 예술가나 학자에 투자하는 것만큼 좋은 일도 없을 테니까."

그렇게 두 사람이 귓속말을 주고받을 때였다.

"크흠, 거기 두 학생?"

헨리 잭슨 교수가 심기 불편한 얼굴로 두 사람을 불렀다.

마이클이 새빨개진 얼굴로 조심스럽게 고개를 숙였다.

건형도 마찬가지였다.

그 둘을 보던 헨리 잭슨이 입을 열었다.

"신성한 강당에서 시시콜콜 잡담을 나누길래 누군가 했더니. 한 명은 마이클 교수고 다른 한 명은 프로페서 팍이었군!"

"죄, 죄송합니다. 교수님."

"크흠, 프로페서가 됐다고 그래도 되나? 나 대신 강의를 진행해 주는 게 어떻겠나? 프로페서 마이클."

"……마, 말도 안 됩니다. 제가 어떻게……."

"허허, 겸손하기까지 하군. 아니면 프로페서 곽이 대신해 주겠나?"

강당에 모인 백여 명이 넘는 학생들이 빤히 두 사람을 쳐다보고 있었다.

한 명은 헨리 잭슨의 뒤를 이어 젊은 교수들 중 가장 각광을 받고 있는 천재 마이클이었고 다른 한 명은 크렐레 저널에 리만 가설을 증명해서 필즈상을 받은 살아 있는 수학계의 거성이었다.

짝짝짝—

박수갈채가 쏟아지기 시작했다.

다들 살아 있는 전설, 건형의 실력이 어느 정도 되는지 궁금해하고 있었다.

건형은 그들을 쳐다봤다.

이들이 향후 수학계를 이끌어 나가게 될 하버드 대학교의 신성들이다.

건형은 입가에 미소를 그려 보이며 강당 위로 향했다.

그리고 쇼타임이 시작됐다.

*　　　*　　　*

"정말 완벽했네!"

헨리 잭슨 교수가 연신 호방하게 웃으며 칭찬을 아끼지
않았다.

헨리 잭슨 교수 대신 방송에 나섰던 건형은 단숨에 하버
드 대학교의 학생들을 사로잡았다. 그리고 그는 최신 이론
에 기반을 둔 헨리 잭슨 교수의 수학 기법에 살을 더하는
식으로 보충 설명을 해 줬고 가뜩이나 헤매고 있던 하버드
대학교의 구세주가 될 수 있었다.

그 덕분에 하버드 대학교 학생들은 레포트를 쓰는 게 한
결 더 쉬워졌다고 기뻐하는 중이었다.

그런 의도로 한 건 아니었지만 건형 역시 대학생이었다.

어느 정도 눈치는 있었다.

그들 입장에서 가장 까다로울 만한 부분을 건형이 대신
긁어 준 셈이었다.

그러나 헨리 잭슨 교수는 개의치 않았다.

오히려 기꺼워하는 것 같았다.

"정말 대단하군. 대단해. 어떻게 그런 생각을 할 수 있
지. 정말 신선한 발상이었어."

"그러게 말입니다. 저 역시 놀랐습니다."

두 사람의 아낌없는 칭찬에 건형은 웃음으로 대신할 수

밖에 없었다.

그러던 도중 마이클이 입을 열었다.

"그보다 교수님, 언제 시간이 되면 한번 다른 교수님들을 모실 수 있을까요?"

"응? 무슨 일이 있나?"

"아, 다른 게 아니라……."

건형이 몇몇 교수들을 후원해 주겠다는 말에 헨리 잭슨 교수가 반색하는 표정으로 그를 쳐다봤다.

그 역시 노벨 아이젠하워, 그리고 클라인 아이젠하워의 후원을 받았다.

그렇지만 지금은 후원이 끊긴 상태.

그는 워낙 명망이 높고 실적도 좋다 보니 후원이 적지 않게 들어오고 있었지만 다른 교수들은 그렇지 않다.

물론 생계가 곤란할 정도까진 아니다.

문제는 그 아래 있는 대학원생들이다.

"제가 후원회를 열겠습니다. 후원이 필요하신 교수님들을 모아 주십시오. 자격이 되는 분이라면 얼마든지 후원을 해 드리고 싶습니다."

"좋군. 좋은 생각이야. 고맙네. 덕분에 내 체면이 살겠어."

아이젠하워 가문이 실족한 게 헨리 잭슨 교수의 잘못은 아니지만 헨리 잭슨 교수가 영향을 끼치지 않았다고 할 수는 없다.

그렇다 보니 아이젠하워 가문이 후원을 모두 중단하고 잠적했을 때 헨리 잭슨 교수는 여러모로 마음이 불편했었다.

지금이라도 새로운 후원자가 나타났으니 기분 좋게 응할 수 있을 듯했다.

그렇게 후원회를 열기로 하는 사이 시간이 훌쩍 지났다.

"어디서 머물 생각인가?"

"근처 호텔에 자리를 잡아 뒀습니다."

"그런가? 알았네."

개인의 사생활을 보호하는 게 서양인들이다.

커피숍에서 마저 커피를 마신 뒤 세 사람은 자리에서 일어났다.

들어 보니 마이클은 제인과 데이트가 있다고 했고 헨리 잭슨 교수는 교수 회의가 있다고 했다.

그렇게 그들과 헤어진 뒤 건형은 호텔로 돌아왔다.

푹신푹신한 침대에 몸을 파묻은 건형은 곧장 지현에게 연락을 걸었다.

[으으음, 여보세요?]

아직 잠이 덜 깬 목소리.

보스턴은 지금 오후 여섯 시다.

서울로 치면 오전 일곱 시.

잠이 덜 깼을 수밖에 없다.

"늦잠 자고 있는 거야?"

[그럴 리가 없잖아요. 어제 콘서트 갔다 왔었어요. 하암.]

"콘서트? 선배 콘서트에 갔다 온 거야?"

[네. 평소 내가 가장 존경하던 선배님 무대였어요. 덕분에 즐겁게 놀다가 왔죠. 뒤풀이도 재밌게 했고요. 누가 없어서 아쉬웠지만…….]

"미, 미안. 그럴 만한 일이 있어서 그래."

[쳇, 오빠는 언제 돌아오는 거예요? 일찍 돌아온다고 했잖아요!]

"글쎄. 약간 시간이 걸릴 거 같아. 생각했던 대로 일이 잘 안 풀리네."

[치, 너무해요. 나한테는 일찍 돌아온다고 했으면서.]

"미안. 최대한 빨리 돌아갈게. 별다른 일 없지?"

[아, 그게…….]

지현이 머뭇거렸다.

건형이 의아한 얼굴로 물었다.

"무슨 일 있어?"

[사실 오빠한테 청혼받았다고 넌지시 말했는데……부모님이 언제 상견례 잡을 거냐고 물어보셔서요. 어떻게 하죠?]

"응? 정식 프로포즈는 아직 하지도 못했는데?"

[그런데 부모님은 빨리했으면 하나 봐요. 우리 부모님 이상하죠? 원래대로라면 딸 결혼 보내기 싫어할 텐데. 나 다리 밑에서 주워 왔다던데 그게 사실인가 봐요.]

"그럴 리가 없잖아. 알았어. 그건 돌아가서 논의해 보자. 그거 말고 다른 일은?"

[음, 아! 저 마스크싱어 녹화하고 왔어요. 이번에 새로 참가한 가수들, 장난 아니에요! 진짜 쟁쟁한 분들만 모셨더라고. 진 피디님이 나 싫어하는 게 틀림없어.]

"그래도 우승은 네가 할 거야. 앞으로 몇 주 정도는 독식해야지. 안 그래? 진 PD님도 그걸 원할걸?"

[그러고 보니 진 PD님이 언제 오빠 한 번 더 출연해 줄 수 없냐고 여쭤 보시던데요?]

"응? 또?"

[네. 재출연하는 경우도 꽤 많았다고 하시던데요? 오빠는 어때요?]

"글쎄. 나쁘진 않네. 알았어."

[거긴 저녁이죠? 저녁 맛있게 먹고 잘 자요.]

"그래. 사랑한다."

[……저도 사랑해요. 쪽]

전화를 끊은 뒤 건형은 호텔 지배인에게 물어 괜찮은 레스토랑으로 발걸음을 옮겼다.

그 후 레스토랑에 오더를 넣고 기다리는 동안 건형은 스마트폰을 만지작거리고 있었다.

그때였다.

불쑥, 한 사람이 건형이 앉아 있는 곳으로 걸어왔다.

그러더니 맞은편에 자리를 잡고 앉았다.

그는 몰락한 가문, 아이젠하워 가문의 가주 노벨 아이젠하워였다.

Chapter. 07

　건형은 노벨 아이젠하워를 바라봤다.

　그는 몇십 년은 폭삭 늙은 것처럼 덥수룩한 수염을 길게 기르고 있었다.

　머리는 봉두난발에 군데군데 떡이 져 있었다.

　얼굴은 세월이 얼마나 오래 머물렀는지 모를 만큼 늙수그레해져 있었고 피부는 거북이 등 껍데기처럼 갈라져 있었다.

　건형은 이 사람이 자신이 알던 그 노벨 아이젠하워가 맞나 의심해야 했다.

　그 정도로 사람의 몰골이 좋지 못했다.

순간 걸인이 난입했다고 생각한 레스토랑 직원들이 노벨 아이젠하워에게 달려들려 했지만 건형이 그들을 만류했다.

"괜찮습니다. 제 일행입니다."

"그래도 다른 손님들이……."

악취를 풍겨서일까.

레스토랑을 이용하는 손님들이 얼굴을 구기고 있었다.

아직 음식을 채 절반도 비우지 못했지만 자리를 털고 일어나야 할 것 같았다.

"계산해 주시죠. 일어나 봐야겠습니다. 자네는…… 따라오려면 따라오고."

건형은 신용카드를 내밀었다.

그런 다음 그는 계산이 되자마자 레스토랑을 빠져나왔다.

"쩝, 꽤 맛있었는데 말이야. 여기서 계속 나를 기다린 건 아닐 테고……."

오랜만에 보는 노벨 아이젠하워, 그가 왜 여기에 있는지 이해할 수 없었다.

그때 불쑥 등 뒤로 노벨 아이젠하워가 다가왔다.

"공원으로 가지."

건형은 공원으로 가다가 중간에 들린 커피숍에서 커피 두 잔을 시켰다. 그런 다음 그중 한 잔을 노벨 아이젠하워에게 건넨 뒤 공원 근처 벤치에 자리를 잡고 앉았다.

노벨 아이젠하워도 말없이 그 옆에 앉았다.

잠시 동안 두 사람 사이에선 말이 없었다.

점점 더 싸늘해지는 날씨 속에 커피만 말없이 식어 가고 있었다.

결국 먼저 입을 연 건 건형이었다.

"미스터 아이젠하워, 무슨 일로 나를 기다린 거지?"

"크큭, 나는 더 이상 아이젠하워가 아니다."

"아이젠하워가 아니라고?"

"가문에서 나는 축출당했다."

건형이 노벨 아이젠하워를 바라봤다.

그럴 만했다.

13인 위원회는 정재계 모든 가문들의 선망점이라고 할 수 있다.

세계를 장막 속에서 거머쥐고 흔드는 존재, 일루미나티.

전 세계의 절반을 좌지우지하고 있다고 봐도 무방하다.

그 일루미나티에서도 최상위 그룹이라고 볼 수 있는 13인 위원회.

아이젠하워 가문은 그 13인 위원회의 자랑스러운 일원이었고 또 개국공신 가문이라고 할 수 있었다.

아이젠하워 가문은 미국, 일루미나티 이 두 세력의 탄생부터 함께했었으니까.

그런데 그 영광을 노벨 아이젠하워가 산산조각 부서트렸으니 가문의 원로들이 가만히 있을 리가 없었다.

가주에서 내쫓긴 건 당연한 일.

가문에서 축출당하는 것도 충분히 고려해 봄 직했다.

"그렇군. 뭐 충분히 그럴 수 있는 일이지."

"크큭. 원로들은 나를 대신해서 내 동생을 가주에 올렸더군. 필립, 그 어린애를 데리고 뭘 하겠다고."

"그래서 신세 한탄을 하려고 나를 찾아온 건가?"

"아니. 나를 도와다오."

"……그게 농담이라면 꽤 썰렁한 농담이겠어. 내 연인을 납치하려 했던 놈을 내가 도와야 할 이유가 있나?"

"염치없는 거 알고 있다. 그래도 도와다오. 도와준다면 무슨 일이든 다 하겠다."

"그것은 내게 달콤한 제안이 아니군. 너 말고도 쓸모있는 사람은 얼마든지 많으니까. 오히려 이미 버려진 것이나 다름없는 너를 가지고 써먹을 일은 마땅히 없을 거 같은데 말이야. 안 그래?"

"……."

건형은 자리에서 일어났다.

시답잖은 이야기를 계속해서 들어 줄 생각은 없었다.

그와의 인연은 여기서 끝이다.

이제 그는 그대로, 각자 제 갈 길을 가면 그만이다.

건형은 그를 뒤로한 채 공원을 떠났다. 그리고 호텔로 돌아온 건형은 가볍게 술을 한잔하며 목을 축였다. 왠지 모르게 기분이 씁쓸했다.

한때 아이젠하워 가문의 가주로서 무소불위의 권력을 행사하던 노벨 아이젠하워, 그가 실족했다는 것 때문이었다.

자신과 엮이지 않았으면 그가 이렇게 실족할 일도 없었을 것이다.

아이젠하워 가문 역시 13인 위원회에 여전히 버젓하게 남아 있었을 테고.

'그러나 그것도 운명이겠지.'

건형은 술잔을 기울이며 그에 대해 고민했다.

그랜드 마스터, 그는 자신이 그 사람을 만나는 것을 극도로 꺼리고 있었다.

어째서일까.

그를 만나게 되는 걸 왜 싫어하는 것일까.

일단 그것을 알아내야 했다.

그렇지만 건형이 그에 대해 아는 건 극히 적었다.

그가 지혁을 납치한 전과가 있다는 점, 기억을 지울 수 있는 능력을 가지고 있다는 점.

이 정도가 건형이 그에 대해 아는 정보, 전부였다.

그렇다고 그랜드 마스터를 만나서 물어본다고 해도 그가 알려 줄 가능성은 매우 낮았다.

'그런데 조금 이상하긴 해. 나보고 만나지 말라고 할 정도면 그럴 만한 이유가 있다는 건데…… 그 이유조차 설명해 주지 않고 만나지만 말라고 하다니. 도대체 그 이유가 뭐지?'

이상했다.

어째서일까.

어째서 만나지 말라고 하는 것일까.

그것을 확인해야 했다.

그리고 결정해야만 했다.

그를 만날지 만나지 말아야 할지.

*   *   *

이튿날 건형은 하버드 대학교로 향했다.

오늘은 하버드 대학교 총장을 만나기로 한 날이었다.

그 이후 하버드 대학교의 교수들과 간단하게 미팅을 할 생각이었다.

원래는 거창하게 후원회를 열 생각이었다는데 건형이 그것을 극구 반대했다.

굳이 시끄럽게 행사 같은 걸 열고 싶지 않아서였다.

그래서 조촐하게 간담회 비슷하게 미팅을 하기로 했다.

건형은 능력 있고 성실한 사람이라면 충분히 후원을 해 줄 생각이었다.

아침 일찍 하버드 대학교에 도착한 건형은 헨리 잭슨 교수를 다시 만났다. 그리고 건형은 그와 함께 총장실로 향했다.

"어서 오십시오. 프로페서 잭슨. 그리고 어서 오세요. 프로페서 팍."

하버드 대학교 총장이 두 사람을 반갑게 맞이했다.

하버드 대학교 총장은 시시콜콜한 이야기를 나누다가 본격적인 주제를 꺼내 놓았다.

"프로페서 팍, 우리 대학교에 오시는 건 어떻겠습니까?"

"학생으로 말입니까? 언제 한번 기회가 된다면 꼭 오고 싶긴 합니다."

"커험, 학생이 아니라 교수로 초빙하고 싶습니다."

"예? 저는 아직 대학교도 졸업하지 못했습니다. 박사는 커녕 석사 학위도 없고요. 낙하산이나 마찬가지인데 다들 저를 꺼려 할 겁니다."

"그럴 리가요. 프로페서 박이 리만 가설을 증명했는데 어느 누가 반대하겠습니까? 오히려 양손 벌리고 반길 겁니다."

"하하, 그랬으면 좋겠지만…… 한번 생각해 보겠습니다."

"저는 정말 기대를 많이 걸고 있습니다. 깊이 생각해 주시길 바랍니다."

"예, 감사합니다. 총장님."

그 이후로 몇 가지 이야기가 더 나왔다.

그렇게 이야기를 끝낸 뒤 두 사람은 총장실을 나왔다.

총장실을 나온 뒤 건형이 헨리 잭슨 교수를 보며 물었다.

"헨리가 추천한 건가요?"

"험험, 그러네."

"제가 미국에서 생활할 여건이 안 된다는 거 잘 아시면서……."

"일루미나티와의 일은 잘 해결된 거 아니었나? 그러면 충분히 가능하리라 생각했네만."

"지현이는 국내에 남아 있어야 하니까요. 당연히 저도 미국으로 건너올 수가 없겠죠."

"크흠, 이참에 둘이 결혼한 다음 미국에 건너오는 게 어떻겠나?"

"……아직은 이릅니다."

상견례를 잡자고 이야기가 나오고 있긴 했다.

지현 부모님도 자신을 좋게 보고 있는 듯했다.

처음 플뢰르가 소속사를 떠나 헤맬 때부터 지금까지 건형이 적지 않은 도움을 줬었으니까.

그밖에도 틈틈이 명절 때마다 갖은 선물을 보내고 했던 게 단단히 눈도장을 찍게 만든 모양이다.

'결혼도 나쁘지는 않지만…….'

그러나 지현의 나이를 생각해 보면 너무 이른 것도 사실이었다.

'그러고 보면 지현이는 공부할 생각 없나?'

그래도 고등학교는 충실히 다녀서 졸업한 것으로 기억한다. 성적도 나쁜 편은 아니었다고 들었다.

그렇지만 아이돌가수라는 꿈을 위해 대학 진학을 포기했다고 이야기했었다.

그런 지현이긴 하지만 미련이 없진 않을 것이다.

대학 생활도 한 번쯤 누구나 즐겨 보고 싶어 할 테니까.

'나중에 한국 돌아가게 되면 한번 물어봐야겠네.'

그러는 동안 건형은 헨리 잭슨 교수와 함께 강당으로 자리를 옮겼다.

오늘 이 강당에서 하버드 대학교 교수들과 간단하게 미팅을 나눌 예정이었다.

이미 강당에는 적지 않은 수의 교수들이 모여 있었다.

이들이 하버드 대학교를 이끌어 나갈 미래였다.

개중에는 마이클과 제인도 자리를 잡고 앉아 있었다.

헨리 잭슨 교수가 먼저 올라왔다.

"모두들 모여주셔서 감사합니다. 긴 설명은 필요 없을 듯하군요. 오늘 이 미팅을 마련하게 해 준 사람입니다. 프로페서 팍, 올라오시죠."

건형이 그 말에 성큼 강단 위로 발걸음을 옮겼다.

짝짝짝—

박수갈채가 쏟아졌다.

아이젠하워 가문의 뒤를 이어 후원자가 되어 줄 사람이다.

교수들도 눈빛을 빛냈다.

건형이 강단 위에 올라온 다음 웃으며 말했다.

"반갑습니다. 다들 티타임은 즐기셨는지 모르겠군요. 그렇게 거창한 건 아닙니다. 여러분과 가볍게 이야기를 나눠보고 싶었습니다."

그 이후 건형은 간단하게 자신이 생각하고 있는 것들을

털어놓았다.

누구를 대상으로 어떻게, 얼마나 후원을 할 것이며 후원을 받는 사람들은 어떻게 해야 할지.

그런 간단한 내용의 것이었다.

건형은 무턱대고 후원할 생각이 없었다.

정말 미래를 열어 줄 수 있는 그런 사람들에게 후원을 할 생각이었다.

그렇게 교수들과 여러 가지 이야기를 나누며 건형은 사고의 폭을 점점 더 넓힐 수 있었다.

그리고 이야기가 마무리된 뒤 건형이 웃으며 말했다.

"여러분 모두 후원하도록 하겠습니다."

그렇게 미팅이 끝난 뒤 건형은 교수들과 함께 근처 식당으로 자리를 옮겼다.

마저 이야기를 나누기 위해서였다.

그때 마이클이 건형에게 따라붙었다.

"정말 전부 다 후원하는 거야?"

"응, 그러려고."

"그 비용이 만만치 않을 텐데……."

"걱정하지 않아도 돼. 내가 비록 미국의 삼대 부자 가문보다 돈이 많은 건 아니지만 이 정도 후원할 돈은 충분히 있으니까."

"그래? 그러면 다행이군. 한동안 밥 굶을 걱정은 안 해도 되겠어."

"그 대신 연구 성과가 미비하거나 농땡이를 부리면 바로 후원부터 끊어 버릴 거야."

"하하, 이거 무서워서 낮잠도 못 자겠군."

"그 정도는 아니지."

물론 교수들의 자율성은 보장할 생각이었다.

무조건 일하게 한다고 능률이 오르는 건 아니니까.

어쨌든 그렇게 대화를 나누며 식당에서 그들은 마저 즐겁게 식사를 거듭했다.

한편 멀리서 그 모습을 보고 있던 여인이 있었다.

그녀는 옆에 있는 사내를 보며 물었다.

"저들이 아이젠하워 가문으로부터 후원을 받던 그 교수들이 맞더냐?"

"예, 그렇습니다."

"……우리가 한발 늦었구나."

"죄송합니다. 미리 알아보지 못한 탓입니다."

"됐다. 그보다 후원가의 이름이…… 박건형이라. 아이젠하워 가문을 13인 위원회에서 내쫓은 그 남자로구나."

"예, 그렇습니다. 각별히 주의를 기울여야 했는데……."

"어쩔 수 없는 일이지. 그보다 저자와 한번 약속을 만들어 보아라. 이야기를 나눠 보고 싶다."

"가주님이 직접 말씀이십니까?"

"그래. 나 정도는 되어야 만나 줄 게 아니더냐."

"알겠습니다, 가주님."

그녀는 건형과 그 옆에 앉아서 담소를 나누고 있는 교수들을 보며 입술을 살짝 깨물었다.

하버드 대학교의 명망 있는 교수들을 포섭할 수 있는 좋은 기회였는데 그 기회를 날려 버리고 말았다.

이번에 새로 13인 위원회가 된 엘런가의 가주 크리스틴은 계속해서 입술을 깨물며 건형을 노려보고 있었다.

점심 식사가 끝난 이후 건형은 그들과 일일이 악수를 주고받았다. 그런 다음 건형은 헨리 잭슨의 교수실로 함께 자리를 옮겼다.

교수실로 걸어가면서 헨리 잭슨이 건형에게 물었다.

"만약 자네가 교수가 되고 미스 리가 하버드 대학교 학부생이 된다면 그것도 정말 나쁘지 않은 일이 될 걸세."

"하하, 지현이 성적으로 하버드 대학교에 입학하는 건 어려울 겁니다."

"그럴 수 있긴 하지만…… 아니면 줄리어드 음대는 어떤가? 미스 리라면 충분히 가능할 거 같은데. 여기서 거리가 아주 먼 것도 아니고."

"……음, 생각해 보죠. 일단 그것은 지현이의 의사가 가장 중요하니까요."

"그거야 그렇지. 하하, 오해하지 말게. 그저 자네를 대한민국이라는 좁은 땅덩어리에 가둬 둔다는 게 여러모로 아쉬워서 그런 것이니까."

"무슨 의미인지는 잘 알고 있습니다."

"그렇다면 다행이군."

"그보다 오늘은 강의가 없으십니까?"

"허허, 늙은이도 좀 쉬어야 하지 않겠나?"

"늙은이라뇨. 아직 충분히 정정하십니다."

"그런가?"

헨리 잭슨이 웃어 보였다.

그를 보며 건형이 입을 열었다.

"사실 어제저녁 아이젠하워 가문의 가주를 만났습니다."

"아이젠하워 경을 만났다고?"

"예, 그렇습니다."

아이젠하워를 만났다는 말에 헨리 잭슨의 표정이 어두워 졌다. 한참 동안 말문을 열지 못하던 그는 교수실에 도착한 뒤에야 깊게 숨을 토해 냈다. 그리고 한숨 섞인 목소리로 입을 열었다.

"그래, 아이젠하워 경은 어떻게 지내던가?"

"잘 지내고 있는 거 같진 않더군요. 그리고 아이젠하워 가문에서 축출당했다고 했습니다."

"그래, 그럴 만하지."

헨리 잭슨이 말끝을 흐렸다.

13인 위원회가 갖는 무게가 그 정도다.

아이젠하워 가문의 가주였지만 가주보다 더 큰 힘을 갖고 있는 게 가문의 원로들이다. 그 가문의 원로가 보기에 노벨 아이젠하워는 신뢰할 수 없는 가주였던 모양이다.

일단 13인 위원회에서 배제된 것부터 그렇게 보일 상황 이긴 하니까.

"그래서…… 어떻게 했나?"

"공원에서 저를 보고 도와 달라고 하더군요. 어처구니가 없 어서 그냥 바로 헤어졌습니다. 제 연인을 납치하려 한 작자가 저보고 도와 달라고 하다니요. 그게 말이 되는 소리입니까?"

"크흠, 그래. 자네 마음, 충분히 이해하네. 그렇게 생각이들 수 있지. 어쨌든 안타깝게 됐군. 아이젠하워 경은 그래도 그렇게 나쁜 사람은 아니었네. 학자를 아끼는 몇 안 되는 사람이었거든."

"그렇군요."

"여하튼 그 이야기는 뒤로하고. 이제 어떻게 할 생각인가? 하버드 대학교에는 원하는 만큼 머물러 있어도 좋네."

"흠, 생각해 보겠습니다. 일단 고민해야 할 게 여러 가지 있어서 시간이 조금 더 필요할 거 같군요."

"그래, 편할 대로 하게나."

"감사합니다."

"아니네. 오히려 내가 자네 덕분에 편안해졌네. 이제는 누구 간섭도 없이 연구에만 집중하면 되니까 말이야."

"별말씀을요."

건형은 헨리 잭슨과 조금 더 이야기를 나누다가 와이드너 도서관으로 발걸음을 옮겼다. 도서관 사서를 보고 있는 학생들의 얼굴이 낯설었다.

예전에 와이드너 도서관 컴퓨터 서버가 먹통이 되었을 때 그들을 도와줬던 기억이 났다.

와이드너 도서관 안에 발걸음을 들인 뒤 건형은 책을 한 권 골라 집고 읽기 시작했다.

당분간 이곳에서 생각을 정리하며 머리를 식힐 생각이었다.

*　　　*　　　*

나흘이 지났다.

나흘 동안 건형은 와이드너 도서관의 명물이 되어 있었다.

처음 그를 모르는 사람들은 하버드 대학교 신입생이겠거
니 했다가 그가 리만 가설을 증명한 바로 그 천재 수학자라
는 것을 알게 된 이후로부터 그에 대해 관심을 기울이기 시
작했다.

그러다가 그의 행적이 하나둘 밝혀지고 또 건형이 하루
종일 와이드너 도서관에 머물며 수천 권이 넘는 장서를 읽
어 대기 시작하자 그를 괴물 보듯 하고 있었다.

건형의 머릿속에 들어 있는 건 하나의 컴퓨터였다. 그리
고 건형은 그 컴퓨터를 이용해서 와이드너 도서관의 장서들
을 차곡차곡 머릿속에 쌓아 두고 있었다.

그 작업은 어렵지 않았다.

그리고 점점 더 숙달이 되어 갈수록 시간이 단축했고 건
형은 어느새 한 장 넘기면 그 페이지 전부 다 머릿속에 프린
터가 되어 찍히듯 입력되게끔 효율적으로 변해 있었다.

그렇게 건형이 한창 와이드너 도서관에서 지식을 쌓아갈 무렵 국내에서는 강해찬 국회의원이 새로운 법안을 입법하려 준비 중이었다.

"최근 들어 여러 기술들이 해외로 유출되어 그 손해가 이만저만이 아닌 상황입니다. 따라서 이런 일을 막기 위해서라도 반드시 관련 법안을 새로 상정해야 합니다."

강해찬 국회의원을 평소 지지하던 의원들은 지금 그가 누구를 타깃으로 설정했는지 뻔히 알 수 있었다.

지금 대한민국을 크게 뒤흔들고 있는 최첨단 기술이라고 하면 바로 박건형이 개발했다고 알려져 있는 차세대 에너지 기술 하나밖에 없었기 때문이다.

그것 때문에 국내에서 내로라하는 대기업인 쌍강 혹은 쌍성이라 불리는 삼왕 그룹, 정명 그룹 모두 박건형의 눈치를 보고 있는 실정이었다.

특히 정명 그룹은 그 정도가 심했는데 그럴 수밖에 없는 이유가 있었다.

정명 그룹이 최근 들어 주력으로 밀고 있는 게 바로 하이브리드카 사업이었다.

하이브리드란 석유 에너지와 전기에너지, 두 가지 에너지를 이용해서 주행이 가능한 자동차로 정명 그룹은 이 하이

브리드 자동차 사업을 통해 연간 수익률을 극대화하겠다는 장밋빛 플랜을 구상 중이었다.

그런데 얼마 전 뜬금없이 태원 그룹이 BP그룹과 공동 연구 협정을 맺더니 차세대 에너지 사업을 공표하면서 주가가 크게 폭락한 상황이었다.

그 때문에 서킷 브레이커를 걸었을 정도였다.

정명 그룹만큼 피해를 본 건 아니지만 삼왕 그룹도 사정은 비슷했다. 그들도 차세대 에너지를 꾸준히 연구 중이었고 점점 가시적인 성과를 보이고 있었는데 뜬금없이 바로 옆에서 대형 홈런을 터트린 셈이었다.

어쨌든 그들 모두 애가 탈 수밖에 없는 상황이었다.

그리고 그것을 해결하기 위해서 그들 모두 국회에 적지 않은 로비를 했고 관련 법안을 제정하기로 마음먹은 것이었다.

그때 한 젊은 의원이 입을 열었다.

"강 의원님, 강 의원님의 뜻은 충분히 이해합니다. 그렇지만 태원 그룹 역시 우리나라의 그룹입니다. 게다가 그 차세대 에너지 기술 같은 경우 우리나라 국민인 박건형 씨가 소유주이고요. 외부에 유출됐다고 말할 수 없을 거 같습니다."

"험험, 정 의원. 이번 법안은 태원 그룹을 겨냥한 그런 법안이 아닙니다. 요새 산업 스파이가 얼마나 많은지 다들 아시지 않습니까? 그런데 정작 그 처벌은 쥐꼬리만도 못 하니 국민들이 그것을 대단히 우려스럽게 생각하고 있습니다. 그 때문에 관련 법안을 제정하고자 한 것이지 다른 의도가 있는 건 아닙니다. 아시겠습니까?"

강해찬이 젊은 의원을 뚫어지게 바라봤다.

모두 다 자신 편으로 메울 수는 없어서 몇몇 젊은 의원들을 데려왔는데 개중에는 눈치 없는 작자도 있었다.

어쨌든 강해찬이 힘을 줘서 말하자 일이 일사천리로 진행됐다.

뼈대가 만들어지고 살이 붙여지는 사이 정 의원이라고 불린 젊은 의원이 머리를 긁적였다. 아무리 봐도 이것은 태원그룹을 겨냥한 법안이었다. 글로벌 시대에 이렇게 막무가내인 법안을 내세울 수는 없는 것이었다.

"의원님, 여기를 보시면 국내 기업이 해외 기업과 공동 연구를 해야 할 경우 반드시 정부를 제3자로 포함시켜야 하며 정부에게 모든 내용을 공개할 의무가 있다, 라고 되어 있는데 이렇게 되면 어느 기업이 우리나라 기업과 공동 연구를 하려 하겠습니까? 이 조항은 반드시 빼야 합니다. 그리고 여기 또 이 조항을 보시면 국내 기업이 해외 기업과 공동 연구 중 해외 기업이 그 기술을 소유하려 할 위험이 있기 때문에 그 소유권은 정부로 두며 정부는 그 소유권의 가치에 따라 적당한 국채를 발행한다, 라고 되어 있는데 이거야말로 정부가 날강도가 되겠다는 거 아닙니까? 엄연히 그 소유권은 개인의 재산인데 그것을 국유화한다는 것은……."

"허허, 어디까지나 이건 초안일세. 여기서 문제가 될 부분이 있다면 빼고 살릴 부분이 있다면 살려야 하고. 어쨌든 정 의원 뜻은 잘 알았으니 그 부분은 따로 신경 쓰도록 하지. 그러면 잠깐 쉬도록 할까?"

강해찬 말에 다들 고개를 끄덕였다.

그리고 잠시 회의가 뒤로 미뤄졌다.

그러는 사이 강해찬은 입술을 깨물었다.

솔직히 이야기해서 말이 안 되는 조항임이 맞다.

그렇지만 이렇게 해서 밀어붙이려는 건 그래야 하기 때문이다.

또 국민들은 몇 년은커녕 몇 달도 안 지나서 이 일은 까맣게 잊어 먹을 것이다.

'우리 정당에서 밀어붙이는 것이라면 다들 받아들일 테지. 흐흐.'

여태 적지 않은 법안을 이런 식으로 통과시켰다.

그때마다 종종 인터넷에서는 반발 여론이 튀어나왔지만

그것은 온라인에서의 공허한 외침에 불과했다.

결국 승부는 투표에서 갈리는 법인데 투표에서는 매번 승리했다. 아마 이번에도 승리할 것이다. 강해찬은 그만큼 자신이 있기 때문에 밀어붙일 수 있는 것이었다.

첫날 회의를 마무리 지은 뒤 강해찬은 귀가했다.

귀가한 뒤 강해찬은 따로 장형철을 불러들였다.

"그놈은 아직도 미국에 머무르고 있나?"

"예. 하버드 대학교에 있다고 들었습니다."

"하버드 대학교라…… 차라리 그놈이 미국으로 떠나버리면 그보다 더 좋은 일은 없을 텐데 말이야."

"그것도 나쁘지 않겠죠."

"그건 그렇고 그 계집애는?"

"어제는 콘서트를 갔다 왔더군요. 여전히 인기몰이 중인 듯합니다."

"후, 그렇군. 가만히 있어 보자. 정인호 사장은 요새 뭘 하면서 지내나?"

"권토중래를 꿈꾸고 있습니다만 쉽지 않은 일이 될 거 같습니다. 이번에 태원 그룹이 BP와 연구 협약을 맺으면서 태원 그룹의 주가가 큰 폭으로 올랐고 덕분에 주주들의 믿음도 굳건해진 상황입니다. 정용후 회장을 주주총회로 밀어내는 건 어려울 듯싶습니다."

"음, 정용후 회장이 꽤 고령이지 않던가?"

"그건 그렇습니다."

"정용후 회장이 급사하면 어떻게 되지?"

"첫째 아들은 죽었고 정인호 사장만 남았으니 정인호 사장이 재산을 전부 다 차지하게 될 겁니다. 아, 그 손녀딸에게도 재산이 나눠지겠군요. 상속자니까요."

"정용후 회장이 유서를 남겼는지 알아봐. 만약 유서가 없다면 아직 상속자를 확실히 임명하지 않았다는 의미일 테고 그렇게 되면 정인호 사장을 복권시킬 기회가 남아 있다는 의미일 테니까."

"예."

"또 정용후 회장이 고령인만큼 심근경색 같은 걸로 급사하는 것도 언제든지 일어날 수 있는 상황이란 말이지. 그것도 염두에 두고 움직이게."

"예. 의원님."

"놈은 거물이야. 쉽게 상대할 수 없을 거야. 만반의 준비를 갖춰 두라고. 놈을 죽이지 않으면 우리가 잡아먹힐 테니까. 알겠지?"

"예. 물론입니다."

장형철이 떠난 뒤 강해찬은 담배를 한 대 입에 물었다.

속이 쓰렸다.

자신의 뒤를 밟는 놈을 우연찮게 알게 됐고 운전기사를 맡고 있던 장형철의 아버지를 시켜 놈을 죽이게 했다.

알고 보니 경찰관이어서 더 이상 손을 쓰진 못했지만 사건은 뺑소니 사고로 손쉽게 처리됐다.

그 이후 강해찬은 무소불위의 권력을 누릴 수 있었다.

여당의 실질적인 권력자로서.

그러다가 이번에 커다란 암초를 만났다.

그동안 굴곡진 정치 인생에서 적지 않은 암초와 부딪쳤지만 이번만큼 어려운 상대는 없을 터였다.

그러나 강해찬은 마음을 굳게 다잡았다.

"결국 승부는 끝이 나 봐야 아는 법이지."

몇 차례 젊은 패기에 주춤거리며 물러났지만 더는 그럴 생각이 없었다.

이제 남은 건 생사를 건 승부.

'필사즉생, 필생즉사.'

강해찬은 자신 평생의 신념이 담긴 고사를 되뇌며 굳은 결심을 다지고 있었다.

Chapter. 08

한편 와이드너 도서관의 명물이 되어 가고 있던 건형은 오늘도 부지런히 책을 탐독하고 있었다.

처음에는 머리를 식힐 생각에 책을 읽기 시작했던 것이었다.

그러나 차츰 시간이 지나면서 건형은 책이 주는 이 아름다운 매력에 푹 빠지게 됐다.

그러면서 그는 와이드너 도서관에 남아 계속해서 책 읽는 걸 멈추지 않았다.

그러면서 그동안 그가 읽은 책은 벌써 수천여 권을 헤아

리게끔 하고 있었다.

그것을 보며 대부분의 사람들은 그가 진짜 책을 읽는 게 맞는지 의심할 정도였다.

몇몇 사람들은 그가 포토그래픽 메모리 능력이 있는 게 아닌 건가 호기심을 가지기도 했다.

일부 교수들은 건형이 포토그래픽 메모리 능력이 있다는 걸 눈치챘다.

그렇지만 포토그래픽 메모리를 갖고 있더라도 그것이 이론을 구체화하는 것과 하등 관련이 있는 건 아니다.

수학은 암기가 아니라 이해하는 과목이기 때문이다.

그런 점에서 대부분의 교수들은 건형을 의아해했다.

만약 그가 천재라면 헨리 잭슨 교수나 마이클 교수처럼 어릴 때부터 신동으로 이름을 알렸을 것이다. 그리고 십 대에 정말 놀라운 연구 성과를 발표했을 테고 이십 대부터 삼십 대까지 전성기를 맞이했을 것이다.

헨리 잭슨 교수나 마이클 교수나 모두들 십 대부터 이름을 날렸고 이십 대 중반에서 삼십 대 중후반 사이쯤 전성기를 맞이했었으니까.

헨리 잭슨 교수가 알렉산더 페렐만 교수와 함께 푸앵카레 추측을 연구해서 발표, 그리고 필즈상을 수상한 것이 삼십

대 중반의 일이다.

아마 대부분의 천재 수학자들이 이런 코스를 밟을 것이다.

그러나 건형은 유독 그 코스에서 많이 벗어나 있었다.

어쨌든 그것과 별개로 건형이 특별한 존재라는 건 부인할 수 없는 사실이었다.

게다가 또 하나 건형이 갖고 있는 특징이라면 어느 한 분야에 특출난 게 아니라 모든 분야에 고르게 능통하다는 점이었다.

그게 건형이 갖고 있는 최고의 장점이라 할 수 있었다.

그래서일까.

하버드 대학교에 있는 대부분의 학자들은 건형을 탐내 하고 있었다.

그라면 자신이 연구 중인 학문을 한두 단계 더 끌어올려 줄 수 있지 않을까 여겼기 때문이다.

그렇게 건형이 책 읽기에 몰두하고 있을 때였다.

헨리 잭슨 교수가 건형에게 성큼 다가왔다.

"휴, 책 읽는 속도가 뭐 이렇게 빠른가?"

건형은 지금 거의 5초에 한 번 책을 넘기고 있었다.

말 그대로 책을 복사기로 찍어 내는 수준이다.

"아, 교수님. 어쩐 일이십니까?"

"잠깐 시간 좀 내줄 수 있을까?"

"물론입니다."

"그런데 무슨 책을 읽고 있었나?"

"양자역학과 관련 있는 분야의 책이었습니다."

"자네는 정말…… 대단하군."

건형은 책을 책장에 꽂아 둔 다음 발걸음을 떼었다.

헨리 잭슨 교수를 쫓아 자리를 옮긴 곳은 구내식당이었다.

"아직 밥 안 드셨습니까?"

"하하, 자네 정말 너무 책 읽기에 몰두하고 있군. 매일 점심을 거른다더니 거짓말이 아니었어. 간단히 배라도 불린 다음 책을 읽게."

"예? 점심시간이 지났습니까?"

"그래. 벌써 오후 네 시라네. 곧 있으면 저녁을 먹을 시간이군."

"교수님도 아직 안 드셨던 겁니까?"

"자네하고 같이 먹으려 했는데 책 읽는 모습이 신기해서 줄곧 쳐다보고 있었다네."

건형이 머쓱하게 웃어 보였다.

두 사람은 구내식당에서 햄버거 세트를 하나씩 시킨 다음 입에 베어 물었다.

달콤한 소스와 육즙이 허기진 배를 가득 채웠다.

그제야 건형이 환한 미소를 지어 보였다.

"덕분에 제 배가 호강을 하는군요."

"그런데 한 가지 이상한 점이 있더군. 예전에는 분명히 쉽게 허기지고 그랬었지 않았나? 초콜릿을 한 움큼 먹기도 했고."

"아⋯⋯."

건형이 아직 불완전기억능력일 때 완전기억능력을 사용하려면 적지 않은 칼로리를 꺼내 써야 했다.

헨리 잭슨 교수가 말하고 있는 건 바로 그 시기를 일컫는 것인 듯했다.

"그때에는 그럴 만한 사정이 있었습니다. 지금은 많이 좋아진 상태죠."

"호르몬 문제였던 모양이군."

"비슷합니다."

"그렇군. 와이드너 도서관의 생활을 어떤 편인가?"

"괜찮습니다. 책이 이렇게 많은 곳은 제가 정말 사랑해 마지않는 곳이니까요."

"그렇군. 결정을 내린 것인가?"

"그것은⋯⋯."

건형이 고개를 저었다.

아직도 건형은 결정을 내리지 못하고 있었다.

상대가 누구든지 간에 한번 만나야겠다는 생각과 그랜드 마스터의 암시.

이 두 가지가 이리저리 얽히면서 일어난 현상이었다.

"현명한 선택을 내리길 바라겠네."

헨리 잭슨 교수가 그런 건형의 어깨를 두드렸다.

점심을 먹고 난 뒤 헨리 잭슨 교수가 먼저 떠나고 홀로 건형이 근처 잔디밭에 앉아 생각을 정리할 때였다.

근엄해 보이는 중년 신사가 건형을 향해 다가왔다.

그는 모자를 슬쩍 들더니 건형에게 고개를 꾸벅 숙여 보였다.

"처음 뵙겠습니다. 프로페서 팍, 맞으십니까?"

"팍인 건 맞지만 프로페서는 아닙니다."

아직 박사 학위를 받지 않은 건형이다.

프로페서 팍이라고 불릴 때마다 속으로 여러 차례 찔렸던 게 사실이다.

"좋습니다, 미스터 팍. 잠시 시간을 내주실 수 있겠습니까?"

"무슨 일이시죠? 여기서 말씀하셔도 됩니다."

"흠, 제 주인님께서 미스터 팍을 뵙고자 하십니다."

"주인님이라고요?"

건형이 중년인을 슬쩍 쳐다봤다.

중년 신사가 부드럽게 미소를 그려 보였다.

서글서글한 웃음.

적의를 드러내고 있진 않았다.

고민하던 건형이 고개를 끄덕였다.

"좋습니다. 그렇게 하죠."

건형은 그를 따라 발걸음을 옮겼다.

공원 바깥에는 잘빠진 고급 리무진이 주차되어 있었다.

"주인님이 누군지 모르지만 꽤 부호이신가 보군요."

"하하, 맞습니다. 타시죠. 모셔다드리겠습니다."

건형을 태운 리무진은 부드럽게 출발했다.

보스턴 시내를 달리던 리무진이 도착한 곳은 쉐라톤 보스턴 호텔이었다.

보스턴 시내에 있는 5성급 호텔들 중에서 가장 값비싼 가격을 자랑하는 호텔이자 그만큼 시설도 깔끔하게 잘 정비되어 있는 곳이기도 했다.

"도착했습니다."

"고맙습니다. 덕분에 숙소에 쉽게 돌아갈 수 있겠군요."

"예, 그래서 일부러 장소를 이곳으로 잡았습니다."

쉐라톤 보스턴 호텔에 도착한 건형은 중년 신사의 안내에 따라 호텔과 연결되어 있는 쇼핑몰 안으로 발걸음을 옮겼다.

쇼핑몰 안에 마련되어 있는 근사한 커피숍에 도착한 뒤 중년 신사가 건형을 안내한 곳은 미부인이 자리를 잡고 있는 곳이었다.

"주인님, 손님을 모셔왔습니다."

"어서 오세요. 한스가 실례를 저지르진 않았겠지요?"

"미스터 한스셨군요. 고마웠습니다. 그리고 전혀 그런 일은 없었습니다. 과한 친절에 오히려 감사드립니다. 저는 박건형이라 합니다. 실례지만 부인의 성함은 어떻게 되십니까?"

"처음 뵙겠습니다. 저는 카트리나 엘런이라고 합니다. 한번쯤 귀하를 뵙고 싶었습니다."

카트리나 엘런.

그녀의 성을 통해 건형은 그녀가 누군지 짐작할 수 있었다.

미국의 삼대 부호 가문.

엘런가, 뒤퐁가 그리고 록펠러가.

그녀는 삼대 부호 가문 중 엘런 가문의 사람이었다.

그리고 이런 자리에서 자신을 기다리고 있을 정도라면?

"엘런가의 가주시군요."

"정확하십니다."

두 사람이 대화를 나누는 동안 한스는 멀찌감치 자리를 비운 채 사라졌다.

그를 보던 건형이 물었다.

"미스터 한스를 가까이 두지 않으셔도 됩니까?"

"호호, 설마 미스터 팍이 저를 공격할 것도 아니고. 제가 경계를 해야 할 필요는 없지 않을까요? 그리고 이 커피숍 주변에는 지금 아무도 없죠."

그녀가 말했던 대로다.

이 커피숍 주변에는 아무도 없었다.

그야말로 텅 비어 있었다.

커피숍의 바리스타 한 명을 빼면 그 누구도 주변을 얼씬거리지 못하고 있었다.

"대단하군요."

"호호, 놀라실 거 없어요. 이 프루덴셜 센터와 코플리 플레이스 몰 모두 엘런가의 소유거든요."

"그, 그렇군요."

"그러니까 걱정하실 필요 없으세요. 그보다 커피 한 잔 드시겠어요? 이곳은 제가 보스턴에 올 때면 항상 들르곤 하는 곳이죠."

"예, 감사합니다. 저야 언제든지 환영입니다."

"좋군요."

바리스타가 커피를 가져왔다.

두 사람은 커피를 마시며 가볍게 대화를 나누기 시작했다.

먼저 입을 연 것은 카트리나 엘런이었다.

"일단 고맙다는 말부터 해야 할까요? 미스터 팍 덕분에 우리 엘런 가문이 13인 위원회의 일원이 되었으니까요."

"사실 저는 그 점이 의외였습니다."

"무슨 말씀이시죠?"

"록펠러 가문이 이미 삼각위원회의 일인이자 일루미나티의 핵심 멤버로 있는데 엘런 가문이 굳이 일루미나티 아래로 들어갈 필요가 있나 싶었으니까요."

"예리한 질문이시군요. 지금 그 질문은 엘런 가문과 일루미나티 사이를 갈라놓기 위한 것인가요?"

"그럴 리가요. 저는 그랜드 마스터와 협약을 새로 갱신했습니다."

"이야기는 얼핏 들었어요. 그랜드 마스터께서는 조만간 협약 내용을 13인 위원회에서 안건으로 다루겠다고 하셨죠."

"아직 그 내용을 공표하진 않으신 모양이군요."

"……예, 맞아요. 이거 제가 입조심을 해야겠어요. 자칫 잘못했다가는 제 밑천을 털리게 생겼군요."

"그럴 리가요. 어쨌든 저는 일루미나티와 적대할 생각이 없습니다. 물론 그건 르네상스나 로얄 클럽과도 마찬가지입니다."

"세상일이 그렇게 쉽게 돌아가는 건 아니죠. 아시는 분이 그런 말씀을 하시는 건가요?"

그녀 말이 맞다.

세상일이라는 게 그렇게 쉽게 돌아가는 건 아니다.

항상 변수가 생기기 마련이다.

"여하튼 덕분에 13인 위원회에 들어갈 수 있었어요. 아이젠하워 가문에게는 미안하지만 어쩔 수 없는 일이겠죠."

"이제 슬슬 본론으로 넘어가시죠. 저를 이렇게 초대한 이유를 듣고 싶습니다."

"제가 미스터 팍을 만나 보고 싶어 했던 이유는 다른 거 때문이 아니에요. 한 가지 여쭤 보고 싶은 게 있어서죠."

"음, 말씀하시죠."

"그 차세대 에너지 기술이라는 거, BP하고 연구 협약을 맺기로 한 이유가 있으신가요?"

"별다른 이유는 없습니다. BP가 좋은 제안을 해 왔고 체스터 브로만 회장이 꽤 많은 공을 들였기 때문이죠."

"그렇군요. 그러면 단도직입적으로 여쭤 보죠. 그 차세대 에너지 기술 산업에 우리 엘런 가문이 투자할 수는 없을까요?"

"엘런 가문이 말입니까? 그러나 이건 르네상스와 연결이 되어 있는 사업인데요. 괜찮으시겠습니까?"

카트리나 엘런이 미소를 지어 보였다.

"저는 일루미나티의 일원이고 13인 위원회의 일인이기도 하지만 그전에 장사꾼이에요. 그리고 장사꾼이라면 이득이 될 일에 주저해서는 안 되죠."

엘런 가문은 미국의 삼대 부호 가문이자 상인 가문이다.

그들은 타고난 장군 가문인 아이젠하워 가문과는 성격을 달리한다.

그들 입장에서는 르네상스나 일루미나티나 이용해 먹을 대상이라는 의미다.

카트리나 엘런을 보던 건형이 고개를 저어 보였다.

"죄송합니다. 그럴 수는 없을 거 같습니다."

"호호, 역시 그러실 줄 알았어요. 태원이라는 곳과 BP 그룹, 두 기업 간의 계약이기 때문이겠죠?"

"예, 아신다면 이번 만남은 무의미하게 끝나겠다는 것도 아시겠군요."

"아니죠. 그럴 리가요. 저는 아직 숨겨 둔 패가 하나 더 있어요."

"그게 무엇입니까?"

카트리나 엘런이 입가에 미소를 그려 보이며 말했다.

"당신이 지금 고민하고 있는 그것. 클라우스 라트비히, 그에 대한 정보를 알려 주죠."

"클라우스 라트비히가 누구입니까?"

"이름도 모르셨군요. 당신이 만나 보고 싶어 하는 그 남자, 이번 세대의 완전기억능력자, 그의 이름이 클라우스예요."

카트리나 엘런이 환하게 미소를 지어 보였다.

그러나 건형이 보기에 그 미소는 더는 환해 보이지 않고 있었다.

카트리나 엘런이 기세를 잡았다.

그녀는 의기양양한 목소리로 입을 열었다.

"선택을 하세요. 어떻게 하실 건가요?"

카트리나 엘런은 자신 있었다.

박건형이라면 무조건 자신의 손을 잡는 쪽을 선택할 게 분명했다.

그때 카트리나 엘런을 보며 건형이 입을 열었다.

"미안합니다. 당신의 제안을 따를 수 없을 거 같습니다."

그 말에 카트리나 엘런이 얼굴을 일그러뜨렸다.

"어, 어째서죠!"

"제겐 신의를 지키는 게 더 중요하기 때문입니다."

"……말도 안 돼!"

"제 신념을 어길 수는 없습니다. 어쨌든 썩 유쾌하지 않은 만남이 된 거 같아 아쉽군요. 그럼 다음 기회에 뵙겠습니다."

"……좋아요. 무엇을 원하면 들어줄 수 있죠?"

"저는 당신한테 원하는 게 없습니다."

그녀의 가문이, 엘런 가문이 미국의 삼대 부호 가문인 건 맞다.

그렇지만 건형은 그에 못지않다.

그동안 그가 쌓은 부도 적지 않을뿐더러 건형에게는 돈으로 살 수 없는 무형의 재산이 엄청나게 많다.

완전기억능력.

이 능력이라면?

그녀의 재산 따위 아무것도 아니다.

건형이 그렇게 하지 않는 건 균형을 흐트러트리지 않기 위해서다.

지금 세계는 일루미나티, 르네상스, 로얄 클럽 이렇게 세 그룹 간의 적절한 균형 속에 유지되고 있기 때문이다.

그 균형이 일그러지게 되면?

세계가 어떤 방향으로 움직일지 알 수 없다.

그렇기 때문에 건형은 최대한 이 균형을 유지하려 하고 있었다.

전쟁을 원하는 사람은 아무도 없으니까.

어쨌든 카트리나 엘런의 제안은 건형에게 썩 의미 없는 것이었다.

어떻게 보면 쓰잘머리 없는 제안이나 마찬가지였다.

결국 건형은 깔끔하게 카트리나의 제안을 거절한 뒤 호텔 숙소로 올라왔다.

엘리베이터를 타고 올라오면서도 내심 아쉬운 마음이 들긴 했다.

그렇지만 클라우스 라트비히.

상대의 이름과 성을 알았다는 것만 해도 나쁘지 않은 성과였다.

건형은 일어나서 아침을 준비하고 있을 지혁에게 전화를 걸었다.

얼마 지나지 않아 지혁이 전화를 받았다.

"지혁 형?"

[어? 어디야?]

"쉐라톤 보스턴 호텔에 있어요."

[아직도 하버드에 머무르고 있는 거냐? 슬슬 결정을 내려야 한다고 하지 않았냐? 요새 지현이가 자꾸 나한테 너 언제 돌아오냐는데…… 빨리 결정하자. 나 힘들다.]

"그보다 방금 전 엘런 가문의 가주를 만났어요."

[엘런 가문의 가주라면……그 아이젠하워 가문을 대신해서 13인 위원회에 들었다는 그 가문의 가주 말하는 거지? 어땠어?]

"삼십 대 중반의 여자였어요. 성격 있어 보이고 카리스마 있고, 드센 여자랄까요. 카트리나 엘런, 지금 엘런 가문의 가주라고 했어요."

[엘런 가문의 가주가 여성이라…… 놀랍군. 엘런 가문에 남자가 없는 것도 아닐 테고. 그만큼 실력이 대단하다는 거겠지?]

"예. 그럴 거예요. 확실히 대단하더라고요. 보스턴의 프루덴셜 센터와 코플리 플레이스 몰 모두 엘런 가문의 소유라고 하던데 엘런 가문이 확실히 장난 아닌가 봐요."

[하하, 그까짓 엘런 가문 뭐가 대수겠냐. 그보다 별다른 이야기는 없었어?]

"그자에 대해 알고 있다고 딜을 제시하더군요."

[딜을? 어땠는데?]

"그자에 대해 알려 주는 대신 차세대 에너지 기술에 투자를 하고 싶다더군요. 아무래도 엘런 가문 역시 지분을 갖고 싶다는 거겠죠."

[그럴 수밖에 없을 거야. 지금 적지 않은 기업들이 그 에너지 기술을 탐내 하고 있어. 엘런 가문뿐만 아니라 다른 유수의 명문가문이나 기업들도 계속해서 제의를 해 올 거야.]

"음, 제의를 해 온다고요? 저는 한 번도 그런 메시지를 받아 본 적이 없는데요."

[네가 연락처가 있어? 이메일 주소가 있어? 다들 그걸 모르니까 연락을 하지 못하는 거지. 그 대신 고생하는 게 태원 그룹 전략 기획실이지.]

"태원은 왜요?"

[네가 그 공동 연구 협약을 맺을 때 직함이 태원 그룹의 전략 기획실장이었잖아. 그러니까 그쪽으로 계속해서 연락이 가는 거야. 당연히 그쪽에서는 알려 줄 수 없다고 하고 있고. 꼬인 거지. 어쨌든 그래서 어떻게 했어?]

"당연히 거부했죠. 차세대 에너지 기술은 형도 알지만 스티븐 윌리엄스 교수님도 참여했어요. 그런 만큼 스티븐 윌리엄스 교수님의 의견도 존중해야 하고 스티븐 윌리엄스 교수님은 이 기술이 상업적으로 쓰이는 걸 원치 않으시죠. BP 그룹이 수익의 일부를 자선단체에 기부했다고 해서 허락한 거지 그게 아니었으면 애초에 도움을 주시지도 않았을 거예요."

[그런데 솔직히 말해서 스티븐 윌리엄스 교수가 필요한 건 아니잖아. 너 혼자 힘만으로 가능한 거 아니었어?]

"그렇긴 하지만 그러려면 시간이 오래 걸려요. 그리고 또 제가 그 일에 완전히 매달릴 수도 없고요."

[그래, 그건 그렇긴 하지.]

"별다른 일은 없죠? 조만간 그 사람을 만난 다음 돌아갈 거예요."

[아, 맞다.]

그때 지혁이 뒤늦게 입을 열었다.

[그러고 보니까 이걸 까먹었네. 지금 강해찬 국회의원이 일당을 모아서 법안을 하나 만들고 있어. 아직 상정하진 않았는데 이 법안이 아무래도 여러모로 거슬려.]

"무슨 법안인데요?"

[확인해 보지 못했어. 워낙 철통같이 보안을 지키고 있어서 말이야. 보통 국민적인 여론을 알아보기 위해서라도 기사화할 텐데 그런 것도 없고. 그나마 중도에 가까운 정 의원을 회유해서 물어보려 했는데…… 정 의원도 섣부르게 말할 수 있는 단계는 아니라고 했어. 그래서 조금 더 시간을 두고

알아봐야 할 거 같아.]

"법안의 가제도 나오지 않았어요?"

[응. 그것도 아직 나오질 않았어. 다만 예상되는 건 하나지.]

"이 시점이라면……."

[차세대 에너지가…….]

"관련 법안으로 논의될 가능성이 크겠네요."

[게다가 BP 그룹과 공동 연구 협약을 맺은 것도 쟁점에 올릴 가능성이 높아.]

"사기업이 기업의 이익을 취하기 위해 그렇게 한 건데도 말이죠?"

[지금 나라가 얼마나 개판인지 너도 잘 알잖아. 이 나라가 자본주의 사회인지 공산주의 사회인지 점점 더 헷갈려 가는 판국에 말이야. 그러니까 서둘러 귀국하라고. 만약 강해찬 국회의원이 핵폭탄을 터트리려 하는 거라면 네가 귀국해야 막을 수 있을 테니까.]

"형은 꾸준히 자료 수집해 줘요. 그리고 부탁이 하나 있어요."

[어지간히 빨리도 본론을 이야기한다.]

"그동안 미뤄 뒀던 이야기가 많았잖아요. 덕분에 국내 정세를 알 수 있게 돼서 다행이고요. 어쨌든 클라우스 라트비히라는 사람에 대해 알아봐 줘요."

[클라우스 라트비히? 이게 누구야? 가명처럼 보이는데?]

"카트리나 엘런이 언급한 이름이에요. 카트리나 엘런은 이 이름이 완전기억능력자라고 이야기했어요. 형이 한번 알아봐 줬으면 싶어요."

[음, 알았어. 찾는 대로 바로 연락해 줄게.]

"고마워요."

건형은 전화를 끊었다.

이제 남은 건 지혁의 전화를 기다리는 일뿐이었다.

*   *   *

그로부터 사흘 동안 건형은 쉐라톤 보스턴 호텔에 머무르면서 틈틈이 와이드너 도서관을 왔다 갔다 했다.

그밖에는 보스턴에 위치한 몇몇 라이브 카페에서 음악을 듣고 야구장에서 야구를 보는 등 소일거리를 보낸 게 전부였다.

지현은 점점 더 칭얼거리기 시작했고 클라우스 라트비히에 대해 조사하던 지혁은 난관에 봉착하고 있었다.

그렇게 나흘째 되던 날 기어코 일이 터지고 말았다.

보스턴 로간 국제공항.

건형은 이곳에서 지현을 마주할 수 있었다.

결국 참지 못한 지현이 솔로 앨범과 관련된 모든 활동을 종료한 뒤 건너와 버린 것이다.

건형이 대한민국을 떠난 지 일주일 정도가 지난 뒤의 일이었다.

"오빠!"

건형이 머쓱한 얼굴로 지현을 끌어안았다.

선글라스를 끼고 있던 지현이 건형 품에 안기면서 주변을 슬그머니 둘러봤다.

다행히 기자들은 보이지 않았다.

지현 뒤를 바짝 따라온 김정호 실장이 한숨을 길게 내쉬었다.

"휴, 정말 힘들어 죽겠습니다."

"김 실장님, 미안합니다. 저 때문에⋯⋯."

"아닙니다, 박 이사님. 지현이는 자기 활동은 전부 다 끝냈습니다. 다만 지현 활동이 끝나고 한 달 뒤 내려고 했던 플뢰르 미니 앨범 활동이 무기한 연기되었다는 게 문제일 뿐이죠."

"너무 빠르게 붙이는 거 아닌가요? 플뢰르 앨범 활동한 게 엊그제일 텐데요."

"그게 플뢰르를 언제까지 쉬게 내버려 둘 수도 없어서요. 애들도 다들 지루해하고 있고요. 분위기 환기하는 겸 괜찮다고 생각했습니다. 다들 동의했고요."

"그 부분은 한번 정 사장님과 이야기를 해 봐야겠네요."

"아, 알겠습니다."

"일단 자리부터 옮기죠."

세 사람은 보스턴 로간 국제공항을 떠나 쉐라톤 보스턴 호텔로 향했다.

건형은 김정호 실장을 위해 방 하나를 잡아 줬다.

"김 실장님은 당분간 쉬셔도 됩니다. 제가 귀국할 때까지 말이죠. 아마 지현이도 저 없이 혼자 돌아가려 하지 않을 테니까요."

"알겠습니다. 이사님 덕분에 유급휴가도 즐기게 되고…… 감사합니다."

김정호 실장 입장에서 지현이 이렇게 불쑥 보스턴으로 넘어와 버린 건 사실 즐거운 일이었다. 왜냐하면 그녀가 보스턴으로 넘어오게 되면서 그녀를 전담하던 김정호 실장의 일이 붕 떠 버렸고 졸지에 유급휴가를 받아 버린 셈이 되어 버렸기 때문이다.

김정호 실장 입장에서는 두 사람이 꽤 오래 미국에 눌러 있다가 귀국했으면 하는 바람입니다.

플뢰르의 미니 앨범이 늦어지는 건 회사 차원에서 한 말이었을 뿐 늦어지면 늦어질수록 좋았다.

그렇게 김정호 실장에게 방 하나를 마련해 준 뒤 최상층에 올라온 건형이 지현을 쳐다보며 물었다.

"방금 전 김 실장님이 한 말 사실이야?"

"아…… 네."

"그룹 활동도 빼먹고 이렇게 오면 어떻게 해? 다른 멤버들은 한참 기다려야 할 거 아니야."

"솔로 활동 끝나자마자 바로 미니 앨범 활동하는 게 어딨어요. 저도 쉬고 싶었다고요. 그런데 강 팀장님이 바로 미니 앨범으로 붙이자고 해서……."

"잠깐. 강 팀장? 강 팀장은 누구야?"

건형이 처음 들어보는 이름이다.

그 말에 지현이 입을 열었다.

"얼마 전 경력직으로 뽑은 사람이에요. 정 사장님이 잘 알고 지내던 분인데 지금 기획실장으로 있어요."

"기획실장이라고? 기존에 계시던 분은?"

"기존에 계시던 분은 퇴사하셨어요. 건강이 갑자기 악화

돼서…….”

“그래서 그 강 팀장이라는 사람이 바로 미니 앨범을 내자고 했단 말이지?”

“네, 그것도 제가 겨우 한 달 더 뒤로 미룬 거예요. 당장 다음 주가 녹화인데…… 너무 힘들고 오빠도 보고 싶어서 곧장 건너온 거예요. 제가 잘못했으면…… 바로 귀국할게요.”

“휴, 그런 게 아니야. 그런 사정이 있었으면 이렇게까지 뭐라 하진 않았을 거야.”

강 팀장이 누군지는 모르겠지만 한번 만나 봐야 할 것 같았다.

“그러면 저 여기 머물러도 돼요?”

“그래. 그렇게 하자. 나도 네가 있으면 마음이 든든해지니까.”

건형이 환하게 미소를 지어 보였다.

그동안 여러모로 골치 아픈 일들이 많았는데 지현을 본 순간 그 모든 게 깔끔히 사라지며 머릿속이 말끔해지는 기분이 들었다.

그 정도로 지현이라는 존재는 건형에게 여러모로 행복을 선사하고 있었다.

“와 줘서 고마워.”

"……보고 싶었어요."

건형은 그대로 지현을 끌어안았다.

그렇게 장시간에 걸친 비행을 마친 지현은 건형의 품 안에서 그대로 잠들어 버렸다.

그리고 이튿날 건형은 지현을 데리고 하버드 대학교로 향했다.

헨리 잭슨 교수를 만나기 위해서였다.

헨리 잭슨 교수의 사무실에 도착한 뒤 건형은 문을 열어젖혔다. 안에 사람이 있는 듯 문이 손쉽게 열렸다.

그리고 안으로 들어선 건형이 헨리 잭슨 교수를 바라보며 입을 열었다.

"지현이가 왔어요. 프로페서 잭슨."

"오 마이 갓! 결국 내 제안대로 하려는 건가?"

"예?"

"자네가 교수하고 미스 리가 하버드 대학교에 입학하는 걸로 결정을 내렸냐는 말이야."

"아……."

건형이 머리를 긁적였다.

곳곳에 자신과 지현이를 노리는 사람들이 산재해 있었다.

Chapter. 09

박건형이 고개를 절레절레 저었다.

"그럴 리가요. 아직 생각 안 해 봤어요."

그때 지현이 헨리 잭슨 교수를 바라보며 물었다.

"교수님. 지금 저보고 하버드 대학교에 입학할 거냐고 물어본 거 맞으시죠?"

"……크흠."

헨리 잭슨 교수가 건형의 눈치를 살폈다.

건형이 얼굴을 구겼다.

"지현아. 헨리 잭슨 교수님이 비슷한 이야기를 한 건 맞는데 너 가수 활동은 어떻게 하려고 그래?"

"괜찮아요, 오빠. 나도 좀 쉬어야 할 거 같아요. 그리고 오빠도 같이 대학교 다니는 거 아니에요? 오빠하고 캠퍼스 생활하고 싶은 건 내 오랜 꿈이었어요."

"응? 오, 오랜 꿈이었다고?"

"국내에서 대학교 다니면 여러모로 번거로울 게 분명하잖아요."

지금 지현은 국내에서 제일가는 인지도를 달리고 있다.

만약 그녀가 대학교에 입학한다고 하면 사람들이 구름처럼 그 대학교에 몰려들 것이다. 강의를 듣는 것은커녕 사람들이 몰려들어서 움직이는 것도 어렵게 될 것이다.

반면에 하버드 대학교는 그런 면에서 상대적으로 움직이기 훨씬 더 수월할 것이다. 웬만해서는 다들 알아보지 못할 뿐더러 설마 알아본다고 해도 번거롭게 굴지 않을 것이기 때문이다.

미국은 프라이버시 보호에 대한민국보다 훨씬 더 민감한 나라다.

어쨌든 지현이 하버드 대학교를 다니고 싶어 한다면 함께 다녀 보는 것도 나쁘지 않은 경험이 될 듯했다.

"새, 생각해 보겠습니다."

"나쁘지 않은 기회가 될 거야. 자네라면 많은 학생들이 수강 신청을 하려 들 걸세."

"그런데 만약 하버드 대학교를 다니게 된다면 저는 교수보다는 신입생으로 다니고 싶습니다."

"……그게 말이 되는 소린가! 교수들이 난처해할 걸세."

건형은 이미 교수들을 능가하는 지식을 쌓고 있다.

헨리 잭슨 교수나 몇몇 교수를 제외하면 건형을 지식 면에서 이길 수 없다고 봐야 한다.

그들이 건형을 가르치려 들까? 아니, 애초에 가르치려 하지 않을 것이다.

어쨌든 시시콜콜한 잡담이 오고 갔다.

지현은 하버드 대학교로 놀러 와서 그런지 무척 기분이 좋아 보였다.

그렇게 헨리 잭슨과 조금 더 이야기를 나눈 뒤 세 사람은 학교 안에 있는 구내식당으로 발걸음을 옮겼다.

어느새 점심시간이 되어 가고 있었다.

"잠깐 화장실 좀 갔다 올게."

헨리 잭슨과 지현을 먼저 보낸 뒤 건형은 화장실로 향했다. 그리고 손을 씻은 다음 지혁에게 전화를 걸었다.

"형, 지현이가 오는 거 알고 있었어요?"

[아, 미안. 내가 이야기 안 했나?]

"어떻게 된 거예요?"

[휴, 요새 일이 워낙 바빴어. 아마 어젯자 비행기로 출발했으니까…… 이미 도착했구나.]

"얼마나 놀랐는데요. 도대체 무슨 일이에요?"

[강해찬 국회의원 있지? 강해찬 국회의원이 발의하려는 안건이…… 심각해.]

날 선 그의 어조에 건형이 얼굴을 구겼다.

지혁이 이렇게 심각하게 말한다는 건 상황이 좋지 않다는 의미다.

건형이 물었다.

"무슨 일인데요? 어떤 안건이에요?"

[사실상 개인의 사적 재산을 국유화하려고 하는 거지. 물론 단서를 붙이긴 했어. 최첨단 기술로 한정을 지어 두긴 했는데…… 너도 알잖아. 법이라는 게 코에 걸면 코걸이고 귀에 걸면 귀걸이라는 거.]

"그건 그렇긴 하죠. 결국 저를 노리고 상정하려는 안건인가 보네요."

[그들 입장에서도 차세대 에너지 기술을 탐낼 수밖에 없긴 하니까. 지금 전 세계가 그 기술 때문에 난리인 거 몰라?]

"알긴 알아요."

하버드 대학교에서도 이 차세대 에너지 기술은 여러모로 관심을 끌고 있었다.

그럴 수밖에 없었다.

기존의 과학 상식을 파괴하는 전혀 색다른 기술이었기 때문이다.

세계 유수의 과학자들은 도대체 어떤 방법으로 에너지 효율성을 극복하려 하는지 관심을 기울이고 있었다.

석유 에너지가 꽤 오랜 시간 지구를 정복해 왔던 건 다른 이유에서가 아니다.

효율적이기 때문이다.

게다가 대부분의 내연기관은 석유 에너지를 기반으로 하고 있다.

차세대 에너지 기술이 만들어진다고 한들 그것이 상용화되기까지는 오랜 시간이 걸릴 것이다.

그에 맞는 새로운 내연기관, 그러니까 엔진을 만들어야 하기 때문이다.

그렇지만 어쨌든 석유 에너지를 대체할 수 있다면?

그것이 무엇이 되었든 간에 향후 수백 년간 전 세계의 에너지 시장을 장악하게 될 게 분명했다.

[어쨌든 빨리 귀국해. 지금 장난 아니야. 이 법안 못 막으면 골치 아파질 거야.]

"신문이나 뉴스에 떴어요?"

[아직. 아마 간 보기를 할 거야. 그러다가 여론이 좋지 않으면 곧장 쪽수로 밀어붙일 테고.]

여당은 야당보다 그 수가 압도적으로 많다.

게다가 강해찬 국회의원을 따르는 여당 국회의원은 정족수를 훨씬 상회한다.

결국 강해찬 국회의원 입맛대로 법안을 좌지우지할 수 있다는 이야기다.

"만약 강해찬 국회의원 그리고 장형철이라면…… 그렇게 허술하게 진행하지 않을 거예요. 법안을 통과시키려고 마음먹는다면 번개보다 더 빠르게 움직일 테니까요. 항상 눈여겨봐 줘요. 빠르면 내일, 늦어도 닷새 안에는 그를 만나러 갈 생각이에요."

[그래, 잘해라. 머리 복잡하게 해서 미안하다.]

"괜찮아요. 그럴 수 있죠. 또 중요한 이야기 있으면 언제든지 알려줘요."

[알았다. 끊는다.]

전화를 끊고 난 다음 건형은 구내식당으로 향했다.

그런데 구내식당 안이 시끌벅적했다.

건형은 사람들을 헤치고 안으로 들어갔다.

안에는 지현이 웬 남자들과 승강이를 벌이고 있었다.

건형이 원형으로 만들어진 포위망을 뚫고 지현에게 가까이 다가갔다.

"무슨 일이야?"

"아, 이 사람들이……."

지현이 자신을 둘러싸고 있는 남자들을 가리키며 말했다.

"갑자기 오늘 저녁에 파티가 있는데 와 줄 수 없냐고 계속 질척대서요. 그래서 싫다고 계속 말하는데도……."

"헨리 잭슨 교수님은?"

"교수님은 잠깐 급한 전화를 받으러 나가셨어요."

건형이 얼굴을 구겼다.

'그래서 파리가 꼬였군.'

그때 헨리 잭슨 교수도 안에 들어왔다.

그는 북적거리는 사람들을 둘러보며 고개를 갸웃거렸다.

"무슨 일 있나?"

"별일 아닙니다. 그리고 너네들, 좋은 말로 할 때 그만 가라."

"뭐라고? 어디서 원숭이 새끼가!"

사내들 중 덩치 크고 어깨도 떡 벌어진 거한이 얼굴을 붉혔다.

'이렇게 멍청한 놈이 하버드 대학생이라니……'

그때 옆에 서 있던 청년이 그를 말렸다.

"인마. 괜히 남의 학교 와서 행패 부리지 말고 그만 가자. 저 여자애도 싫다잖아."

"시끄러워! 저 여자애는 오늘 내가 찍었어. 무조건 데리고 갈 거다."

"무슨 말도 안 되는 소리야!"

"야! 내가 누구야?"

"그, 그거야……."

건형은 그들의 대화를 들으며 남자 집안이 꽤 대단하다는 걸 느낄 수 있었다.

그렇지만 그것은 건형에게 대수롭지 않게 느껴질 뿐이었다.

"네 아버지가 누군데?"

건형이 그를 쳐다보며 물었다.

"우리 아버지가 글렌 하원의원이시다. 왜? 이제야 좀 정신이 드나?"

"고작 하원의원이라고?"

그래도 상원의원이나 유서 있는 명문 가문인 줄 알았다.

그런데 고작 하원의원 나부랭이라니.

건형은 자신의 손을 더럽히고 싶지 않다는 생각이 들었다.

이까짓 잔챙이를 상대하기엔 시간 낭비에 불과할 뿐이었다.

그 대신 그는 곧장 전화를 들었다.

[오, 무슨 일이시오?]

전화를 받은 건 그랜드 마스터였다.

건형이 단도직입적으로 물었다.

"혹시 글렌 하원의원이라고 아십니까?"

[응? 잠깐만. 한번 알아보도록 하겠네.]

잠시 정적이 이어졌다.

미식축구를 할 것처럼 생긴 녀석이 붉어진 얼굴로 건형에게 달려들려 했다.

그때 건형이 가볍게 그를 제압했다.

단숨에 팔이 꺾인 녀석이 비명을 내질렀다.

그러는 사이 그랜드 마스터의 대답이 들렸다.

[글렌 하원의원이라면 프라이저 가문의 글렌을 말하는 모양이군. 우리 일루미나티의 준회원으로 있는데 무슨 문제라도 생긴 건가?]

"알아서 잘 처리해 주리라 믿겠습니다."

[……약속하지. 물의를 일으켜 미안하군.]

건형은 전화를 끊었다.

이제 알아서 순리대로 일이 처리될 것이다.

한편 팔이 꺾인 녀석은 비명을 계속해서 질러 댔다.

그게 흡사 멧돼지가 '꿰에엑' 거리는 소리 같았다.

건형은 그의 팔을 풀어 줬다.

놈이 얼굴을 붉혔다.

마치 들소처럼 건형을 한번 들이받기라도 하려는 모양새였다.

그때 벨소리가 울렸다.

미식축구를 하게 생긴 녀석이 전화를 받았다.

그러더니 전화를 받은 녀석의 낯빛이 새파래졌다.

잠시 뒤 전화를 끊은 녀석이 건형을 보며 물었다.

"도, 도대체 너, 너는 누구……."

"알 거 없고 부모님한테 잘해 드려. 너 덕분에 인생을 말아 먹게 됐으니까. 자식 잘못은 부모가 책임져야지. 안 그래?"

"……."

놈들은 자리를 박차고 떠났다.

삼삼오오 모여 있던 하버드 대학생들은 그제야 제 할 일을 하기 시작했다.

무료하기 이를 데 없는 캠퍼스에서 오랜만에 눈요깃거리

를 할 만한 즐거운 일이 터져 준 덕분에 다들 활기차 보였다.

자리에 앉으며 헨리 잭슨이 물었다.

"그랜드 마스터와 통화를 한 건가?"

"예. 알아서 처리해 달라고 했죠. 그랜드 마스터가 알아서 해결했을 겁니다."

"휴, 그렇게 무서운 사람을 자네는 무슨 수족 부려 먹듯 하는군."

"아닙니다. 그래도 아랫사람 잘못은 윗사람이 져야 하는 법이니까요."

"……그렇군. 일단 밥이나 먹도록 하지. 미스 리, 자리를 비워서 미안했네. 내가 옆에 있었으면 이런 일도 없었을 텐데 말이야."

"괜찮습니다, 프로페서 잭슨. 이런 일은 비일비재하게 겪어서 신경 쓰지 않아요."

"뭐? 비일비재하게 겪었다고?"

"그러니까 한국에서 몇 번……."

"도대체 어떤 새끼야!"

"아, 또 아까 전처럼 하려고요?"

"어떻게 하긴! 당연히 그 부모한테 죄를 물어야지."

"됐어요! 그만해요. 이미 지나간 일이라니까요."

그렇게 졸지에 세 사람의 점심 식사는 썩 유쾌하지 않은 분위기에서 마무리될 수밖에 없었다.

그 후 건형은 정 사장으로부터 전화를 한 통 받아야 했다.

"예, 지현이는 지금 여기 있습니다."

[지금 회사가 난리도 아닙니다. 당장 다음 달에 미니 앨범을 내기로 했는데 그게 무산돼서…….]

"지현이 솔로 앨범 낸 지 얼마 됐죠? 그리고 그 전에 플뢰르 그룹 활동한 건 까먹으셨습니까? 제가 분명히 말씀드렸을 텐데요. 그렇게 무리하게 일 진행하지 말라고요. 언제나 우리는 일정을 타이트하게 짜지 않기로 합의를 봤잖습니까!"

[그, 그렇지만 지금 회사가 한창 성장해 가고 있는데 그러자니…….]

"강 팀장이라는 작자, 누굽니까?"

[미국에서 유학하고 돌아온 경영의 귀재인데…….]

"경영의 귀재? 전화 바꿔 보세요. 누군지 한번 이야기나 들어보게."

건형이 얼굴을 일그러뜨렸다.

도대체 강 팀장이 누군지는 알 수 없지만 레브 엔터테인먼트가 잘못 돌아가고 있다는 것 하나만큼은 확실했다.

잠시 뒤 한 사내가 전화를 건네받았다.

강 팀장이라는 사람인 듯했다.

건형이 입을 열었다.

"당신이 강 팀장입니까?"

[예, 그렇습니다. 박 이사님.]

사내의 목소리는 꽤 중후했다.

무게감 있는 목소리.

목소리만 듣고 봐서는 신중하고 꼼꼼한 성격일 듯했다.

"왜 그렇게 일정을 타이트하게 잡은 겁니까?"

[지금 레브 엔터테인먼트의 재무구조를 살펴보면 그룹 플뢰르의 매출이 거의 70% 이상을 차지하고 있습니다. 개중에서 솔로 이지현 양의 매출이 80%에 가까울 정도고요. 그만큼 편중되어 있다는 의미입니다. 그렇다 보니 회사의 매출은 전적으로 이들에게 의존을 해야 합니다. 회사의 매출을 끌어 올리기 위해서 어쩔 수 없었습니다.]

회사의 존재 목적은 이득 창출이다.

이득을 창출하지 않는 건 회사가 아니다.

이득을 창출해서 주주들에게 배당을 나눠 주고 그렇게 해서 다시 투자를 받고, 회사의 기본적인 순환 구조는 위와 같다.

그렇지만 레브 엔터테인먼트의 성격은 조금 다르다.

레브 엔터테인먼트의 주주는 두 명이다.

사장 정명수. 이사 박건형.

이 두 사람의 주식 합이 100%다.

게다가 아직 비상장회사.

따라서 매출을 신경 쓸 필요가 없다.

건형이 그런 돈에 구애받을 정도로 가난한 건 아니니까.

물론 레브 엔터테인먼트가 마치 구멍이 숭숭 뚫린 항아리처럼 계속해서 돈을 잡아먹고 있는 것도 사실이다. 재무 담당자가 봤으면 기절초풍을 했을지도 모른다.

매출에 비해 쓰는 돈이 장난 아닐 정도로 많은 상황이니까.

"강 팀장님, 회사 매출은 신경 쓰지 않아도 됩니다. 우리 회사가 상장회사도 아니고 게다가 주주는 저와 정 사장님, 두 분뿐입니다."

[그렇지만…….]

"현 시점으로 강 팀장이 주관하고 있는 프로젝트는 중단해 주십시오. 자세한 건 제가 귀국한 다음 이야기하도록 하죠."

[아, 알겠습니다.]

건형은 전화를 끊었다.

정명수 사장이 무엇을 보고 강 팀장이라는 사람을 데려온 건지 모르겠지만 지금 그가 하고 있는 건 잘못되어 있었다.

엔터테인먼트 업계는 기존 기업들과 다르다.

계속 다그친다고 해서 좋은 결과물을 얻을 수 있는 게 아니다.

시간을 주고 기다릴 줄도 알아야 한다.

전화를 끊은 다음 건형은 지현과 함께 하버드 대학교를 구석구석 둘러보기 시작했다.

하버드 대학교 캠퍼스를 둘러보면서 지현은 하트를 계속해서 뿜어내고 있었다.

"그렇게 다니고 싶어?"

"네. 오빠하고 같이 학교생활을 하는 거 재미있을 거 같아서요."

"그만큼 공부도 해야 할 텐데? 차라리 줄리어드 음대는 어때?"

"줄리어드 음대요?"

"본격적으로 음악 공부하는 거지. 작곡, 작사도 그렇고."

"줄리어드 음대는 어디에 있는데요?"

"얼마 안 멀어. 비행기로 한 시간 정도 걸리나? 뉴욕에 있어."

"……생각해 볼게요."

역시 미국의 땅덩어리는 넓었다.

건형은 생각을 확실히 정리했다.

'그를 만나러 가야겠지.'

마음 한구석이 두근거렸다.

그를 만나서 어떻게 해야 할까?

무슨 대화를 나누게 될까.

어떤 이야기를 하게 될까.

온갖 고민, 상념들이 머릿속을 잔뜩 헤집어 놓는 것 같았다.

건형은 옆에 잠들어 있는 지현을 바라봤다.

"걱정하지 않아도 될 거야."

혼잣말이었지만 지현을 향한 다짐이기도 했다.

이튿날 보스턴 로간 국제공항에서 건형은 지현을 배웅했다.

지현이 보스턴에서 머물렀던 건 이틀에 불과했다.

건형도 적잖이 아쉽긴 했지만 지현도 다음 앨범 준비를 위해 돌아가 봐야 했다.

"강 팀장한테는 내가 이야기해 뒀으니까 앨범 준비에 공을 들여. 플뢰르 앨범도 마찬가지고."

"네, 알았어요. 걱정하지 마요."

"걱정할 수밖에 없으니까 그렇지. 강 팀장이 억지로 밀어붙이려고 하면 계약 종료하겠다고 말해. 알았지?"

"알았어요. 그보다 몸조심해서 돌아와요."

"조심히 돌아가게. 나중에 하버드 대학교에서 봤으면 좋겠군."

"감사합니다, 잭슨 교수님."

건형은 지현을 떠나보냈다.

그런 다음 그 역시 뉴욕으로 향하기 위해 출국장으로 발걸음을 옮겼다.

"이제 그를 만나러 가려 하는가?"

"예, 그렇습니다. 교수님."

"조심하게."

"감사합니다. 다음에 뵙겠습니다."

"다음번에는 하버드 대학교의 교수나 학생으로 함께 봤으면 싶군."

"하하, 그것도 나쁘지 않겠군요."

"만나서 즐거웠네."

건형은 헨리 잭슨 교수와 한 번 더 인사를 나눈 뒤 뉴욕행 비행기에 올라탔다.

뉴욕에 도착한 뒤 건형은 곧장 전화를 걸었다.

그가 전화를 건 것은 엘런가의 가주 카트리나 엘런이었다.

뉴욕 타임스퀘어에서 건형은 카트리나 엘런을 마주했다.

카트리나 엘런이 의아한 얼굴로 건형을 바라보며 물었다.

"저를 다시 볼 일은 없을 줄 알았는데 조금 의외네요. 일단 어쩐 일로 만나 보자고 한 건지 들을 수 있을까요?"

"클라우스 라트비히라고 했던가요?"

"예, 맞아요. 그게 그의 이름이죠."

"제가 만나려고 하는 사람이 진짜 클라우스 라트비히가 맞는지 듣고 싶습니다."

"정말이에요. 엘런 가문의 이름을 걸고 맹세할 수 있어요."

건형은 그녀의 눈동자를 쳐다봤다.

그녀 눈동자가 이야기하고 있는 건 진실이었다.

'완전기억능력으로 이 여자를 복종시킬까?'

순간 그런 생각이 들었다.

그녀를 완전기억능력으로 포섭한다면 정보를 빼내는 건 식은 죽 먹기일 게 분명했다.

그렇지만 건형은 사사로운 용도로 완전기억능력을 쓸 생

각이 없었다.

애초에 그렇게 하라고 주어진 힘이 아닌 것 같다고 생각했기 때문이다.

"좋습니다. 클라우스 라트비히, 그에 대해 알고 싶습니다."

"호호, 생각했던 것과는 조금 다르군요."

"무슨 뜻이죠?"

"만약 그랜드 마스터였다면…… 수단과 방법을 가리지 않았을 거예요. 그랜드 마스터한테 완전기억능력이 있었다면 그 능력으로 저를 포섭하려 했을지도 모르죠."

건형이 살짝 당황한 얼굴로 그녀를 쳐다봤다.

그 역시 비슷한 생각을 했다.

그러나 완전기억능력을 사사롭게 쓰지 않겠다는 다짐에 일부러 그렇게 하지 않았다.

그런데 지금 카트리나 엘런은 자신의 마음을 꿰뚫어 보듯 이야기하고 있었다.

"그거 때문에 조금 놀랐어요. 그리고 당신을 먼저 만났다면 일루미나티에 들어가는 일도 없었을 거 같아요."

"저는 일루미나타처럼 강한 힘이 없습니다. 일개 개인일 뿐이니까요."

"그러나 일루미나티는 그 한 사람을 두려워하고 있죠. 완전기억능력, 그 능력 때문에 말이에요."

"어쨌든 클라우스 라트비히, 그에 대한 정보를 넘겨주실 수 있겠습니까?"

"가는 게 있으면 오는 게 있다, 라고 하던가요? 저 역시 바라는 게 있어요."

"차세대 에너지 기술에 투자하겠다는 것이라면 들어드릴 수 없습니다. 이 부분은 저 혼자 결정할 수 있는 사안이 아닙니다. 애초에 그 기술 자체도 저는 지금 태원 그룹에 양도한 상태입니다."

"무슨 의미인지 알 거 같네요. 핵심 기술은 그 누구도 상용할 수 없을 테니까요. 그렇죠?"

"잘 알고 있군요."

"그럼요. 우리 엘런가의 정보력은 생각보다 꽤 쓸만하답니다."

"원하는 걸 이야기하시죠."

"오늘 미스터 팍과 이야기를 하면서 생각이 바뀌었어요. 제가 바라는 건 하나예요. 우리 엘런 가문이 위기에 처하는 일이 혹시라도 생기게 된다면…… 그때 미스터 팍이 우리 가문을 도와줬으면 해요."

"가문의 미래를 제게 맡기는 겁니까?"

"호호. 엘런 가문은 위대한 가문이에요. 웬만해서 쓰러질 일이 없을 테죠. 그렇지만 저는 미래는 항상 대비하는 거라고 들었어요. 보험 하나 들어 두는 것쯤은 괜찮지 않을까요?"

카트리나 엘런은 달변가였다.

건형은 그녀 말에 고개를 끄덕였다.

나쁜 제안은 아니다.

건형도 엘런 가문과 친분을 맺어 둘 수 있다.

엘런 가문이 일루미나티의 일원이 되었다고 하지만 그 기간은 지금 무척 짧다.

오히려 지금이 엘런 가문과 친분을 돈독하게 다질 수 있는 몇 안 되는 기회일 수도 있다는 의미다.

그 이후 이야기는 부드럽게 진행되었다.

카트리나 엘런과 대화를 나눌수록 건형은 그녀가 여장부라는 걸 새삼 느낄 수 있었다.

어째서 그녀가 엘런 가문의 가주가 되었는지 이해할 수 있을 것 같았다.

그렇게 대화를 나누던 건형은 클라우스 라트비히에 대한 정보를 건네받을 수 있었다.

지난번 봤던 그 중년 신사가 자그마한 서류첩을 하나 가져와서 그에게 넘겼다.

"이것입니까?"

"예. 우리 가문에서도 극비로 보관 중이던 거예요. 완전기억 능력이 있으시니까 이 자리에서 읽고 넘겨주실 수 있겠죠?"

"물론입니다."

건형은 서류첩을 펼쳤다.

그리고 그 안에 빼곡한 서류들을 읽어 내려가기 시작했다.

그 안에는 클라우스 라트비히라는 한 인물의 삶에 대해 기록되어 있었다.

'클라우스 라트비히는 가명이었군.'

일단 이 서류를 통해 확인할 수 있던 건 그에게는 정말 많은 가명이 있다는 것이었다.

또 하나 충격적인 건 그 가명을 통해 적지 않은 논문을 발표했고 대부분의 논문들이 호평을 얻고 있다는 사실이었다.

몇몇 논문 같은 경우 건형도 읽어 봤을 정도였다.

얼마 안 되는 서류를 다 읽은 뒤 건형은 그것을 중년 신사에게 건넸다.

"잘 읽었습니다."

"도움이 되었으면 좋겠군요."

"그는 지금 뉴욕에 있는 게 확실합니까?"

"예. 그럼요."

엘런 가문이 그에 대해 자세히 알고 있는 건 그가 전대 엘런 가문의 가주와 친하게 지냈기 때문이었다.

건형은 고개를 숙여 보였다.

"계약은 성립됐습니다. 언제가 됐든 엘런 가문에 위기가 닥친다면 제가 반드시 도울 것입니다."

그런 다음 건형은 자리를 빠져나왔다.

이제 그를 만나러 갈 시간이었다.

동시대의 완전기억능력자를.

건형은 타임 스퀘어를 빠져나왔다.

그리고 그는 천천히 발걸음을 옮겼다.

원래대로라면 지혁에게 이 사실을 바로 알렸겠지만 엘런 가문은 이 정보를 극비로 해 주길 원했다.

엘런 가문에도 이 정보를 알고 있는 건 몇 명 되지 않는다고 했다.

그리고 건형은 그들의 의견을 존중할 생각이었다.

그렇게 타임 스퀘어를 나온 뒤 건형은 곧장 움직이기 시작했다.

그를 만나러 갈 시간이다.

그때였다.

끼이이익—

육중한 리무진 한 대가 건형 앞에 멈춰 섰다.

사람들의 이목이 집중됐다.

한 대에 몇십 억 이상을 호가하는 마이바흐 리무진이었다.

미국 대통령 정도는 되어야 타는 자동차로 방탄유리로 제작이 되어 있고 미사일 공격을 받지 않는 이상 웬만해서는 피해를 입힐 수 없는 괴물 같은 놈이었다.

이 괴물 같은 놈에서 내린 건 건형이 아는 사람이었다.

카트리나 엘런이었다.

"이야기는 아까 전부 끝난 것으로 아는데요?"

"일단 타세요. 잠깐 이야기 좀 나누고 싶네요."

"음, 무슨 일인지 알려 주셔야 하지 않을까요?"

"당신한테 손해가 되는 일은 아닐 거예요."

타임 스퀘어는 관광 명소로 대단히 유명하다.

세계 각국에서 온 관광객들로 넘친다.

개중에는 한국인도 있다. 또 건형을 알아본 사람도 적지 않게 있다.

아직 카메라를 들어 찍고 있진 않지만 언제 찍혀도 무방한 상황이다.

그러면 대문짝만하게 기사가 날 것이다.

〈전 ○○그룹 전략 기획실장 박 모 씨, 미모의 외국 여성과 열애 중?〉

당연히 생각하기 싫은 끔찍한 그림이다.

지현한테 해명하는 것 자체가 최악이 될 것이다.

건형은 애꿎은 구설수에 휘말리고 싶은 생각은 없었다.

게다가 카트리나 엘런은 그가 원하는 정보를 갖고 있는 하나뿐인 사람이다.

그녀와 이야기를 나누는 게 해가 될 일은 없었다.

건형은 리무진에 올라탔다.

카트리나 엘런도 웃으며 리무진에 다시 올라탔다.

그리고 리무진이 부드럽게 거리를 달리기 시작했다.

"뭐 때문에 다시 찾아오신 겁니까?"

"클라우스 라트비히를 만나러 가시는 길이죠?"

"예, 그렇습니다."

"그를 만나서 뭐를 하시려는 거죠?"

"진실을 알고자 합니다. 완전기억능력자에 대해서 말이죠. 그리고……."

그가 자신을 직접 불렀다는 이야기는 하지 않았다.

괜히 카트리나 엘런한테 많은 걸 털어놓을 필요는 없었다.

카트리나 엘런이 고개를 갸웃했다.

살짝 고심하던 그녀가 생각에 잠겼다.

잠시 생각에 잠겨 있던 그녀가 입을 열었다.

"좋아요. 당신이 클라우스 라트비히를 만나는 건 솔직히 아무 문제가 되지 않아요. 그 전에 알아야 할 건 있죠. …… 완전기억능력자는 동시대에 단 한 명만 태어난다는 거 알고 계신가요?"

"그게 무슨 뜻이죠?"

"머리 좋은 분이 모른 척하시기는요. 완전기억능력자는 동시대에 한 명만 태어나요. 동시대에 완전기억능력자가 두 명 있는 경우는 없었어요. 그러니까 당신은 돌연변이라는 이야기죠."

"돌연변이라……."

어감이 좋지 않았다.

그때 그녀가 웃으며 입을 열었다.

"애초에 정상적인 과정으로 완전기억능력자가 된 것도 아니지 않나요?"

그랬다.

건형이 완전기억능력자가 된 건 각목으로 뒤통수를 얻어

맞으면서였다.

그때 우연찮게 능력을 얻게 됐다.

그렇다면 완전기억능력자가 되는 방법이 따로 있단 이야기일까?

건형이 카트리나 엘런을 쳐다봤다.

그녀는 의미심장한 미소를 짓고 있었다.

'내가 모르는 게 너무 많군.'

건형이 입술을 깨물었다.

자신이 모르는 게 너무나도 많았다.

완전기억능력을 얻은 뒤 모르는 게 없다고 생각했는데 정작 중요한 정보는 이렇게 숨겨진 채 몇몇 사람들에게만 공유되고 있었다.

건형은 카트리나 엘런을 쳐다봤다.

그녀는 아군일까? 적군일까?

알 수 없다.

아군이 될 수도 있고 적군이 될 수도 있다.

그러나 중요한 건 지금 그녀가 건형한테는 무척 필요하다는 이야기다.

적을 알고 상대하는 것과 모르고 상대하는 것의 차이는 극명하기 때문이다.

건형은 클라우스 라트비히를 모호한 적으로 구분해 뒀다.

분명 그와 대화를 나눠 봤을 때 그는 자신을 아군으로 여기고 있었다.

헨리 잭슨 교수가 일루미나티의 일원이라는 걸 알려 준게 바로 그다.

그렇지만 한편 그는 지혁을 습격했다. 그리고 그의 기억을 지우려 했다.

어째서 그의 기억을 지우려 했던 것일까?

건형은 그의 기억을 되살렸다.

그렇지만 여전히 되찾지 못한 기억은 존재했다.

자신이 알아서는 안 되는 무언가를 지혁이 알게 된 걸까?

결국 그것은 클라우스 라트비히, 그를 만나 봐야 알 수 있게 될 것이다.

그렇지만 그 전에 그가 누구인지 알아내야 할 필요가 있었다.

아무것도 준비되지 않은 상태로 이미 단단히 준비를 마친 상대를 만난다는 건 섶을 지고 불에 뛰어드는 것이나 다를 바 없기 때문이다.

건형이 카트리나 엘런을 바라보며 말했다.

"저를 도와주실 수 있겠습니까?"

"좋아요. 저는 언제나 거래를 환영하죠."

"휴, 골치 아프군요. 그래요, 무엇을 필요로 하죠?"

"지금 당장 무엇을 필요로 하는 건 아니에요. 그저 지금으로써는 어떻게 해야 미스터 곽과의 교우를 조금 더 깊게 다질 수 있을까 고민 중이죠."

"그런가요?"

"호호, 그럼요. 엘런 가문은 거짓말을 하지 않는답니다. 상인으로서 가장 중요한 덕목은 언제나 진실만을 이야기해야 한다는 것이죠."

"……그건 마음에 드는군요."

"원하는 정보가 있으면 언제든지 한스에게 이야기하세요. 웬만한 정보는 한스가 구해다가 스마트폰으로 보내드릴 거예요. 그 스마트폰, 특수 제작된 거 맞죠?"

"아, 예. 맞습니다."

"그러면 이걸 쓰세요. 이건 교우 관계를 앞으로 계속 발전시켜 나가겠다는 징표로 봐 주시면 고맙겠어요."

건형은 그녀가 건넨 스마트폰을 살폈다.

평범한 스마트폰.

그렇지만 엘런 가문의 가주가 건넨 스마트폰이다.

무언가 범상치 않은 게 들어 있는 게 분명했다.

"감사합니다."

"별말씀을요. 엘런 가문은 앞으로도 미스터 곽과 더 많은 걸 해 나갈 수 있을 것이라고 믿고 있어요. 그것에 비하면 이건 아무것도 아니죠."

"그렇게 말씀해 주시니 고마울 뿐이군요."

지금 카트리나 엘런의 태도는 아낌없이 퍼 주는 나무 그 자체였다.

솔직히 말해서 왜 그녀가 이렇게까지 베푸는 건지 의심해야 할 정도였다.

어쨌든 그렇다고 해서 호의를 무시할 필요는 없었다.

건형은 카트리나 엘런의 제의를 받아들였다.

그런 다음 그는 클라우스 라트비히를 만나러 가기 전 호텔로 이동했다.

호텔에서 머무르며 건형은 한스에게 몇 가지 자료를 요구했다.

한스는 건형이 요구하는 즉시 자료를 스마트폰으로 보냈다.

스마트폰으로 건형은 한스가 건네준 자료를 계속해서 탐독하기 시작했다.

끝을 모를 방대한 정보.

그 모든 정보들이 여태껏 건형은 접해 보지 못한 그런 것들이었다.

건형은 가볍게 탄성을 내며 정보를 계속해서 읽고 또 읽었다.

그렇게 수만 가지 정보를 탐독하며 건형은 지식을 새롭게 넓혔고 그동안 자신이 몰랐던 새로운 정보들을 익혀 나갈 수 있었다.

"완전기억능력자가…… 자연적으로 생겨나는 존재였다니."

건형이 가장 놀랐던 건 완전기억능력자, 그 실체에 대해 알고 나서였다.

완전기억능력자는 자연적으로 태어나는 존재였다.

애초에 각 시대마다 완전기억능력자는 한 명씩 존재한다.

보통 그 시기는 한 세기인데 세기마다 한 번씩 그런 별종이 태어난다고 알려져 있었다.

세계적으로 유명한 대음악가나 대문호 등 그들 대부분은 바로 이 완전기억능력자였다.

음악의 천재, 프레데릭 프랑수아 쇼팽.

1810년에 태어난 그 역시 완전기억능력자였다.

세계적인 과학자, 알버트 아인슈타인.

1879년생의 그도 완전기억능력자다.

그 외에도 이 세계에는 수많은 완전기억능력자들이 있었다.

그런데 딱 하나 공통된 규칙이 있다면 그 시대의 완전기억능력자가 죽기 전에는 다른 완전기억능력자가 나타날 수 없다는 점이었다.

간혹 완전기억능력자 도중에 무리하게 능력을 사용해서 일찍 죽었을 경우 새로운 완전기억능력자가 한 세기가 지나기 전에 다시 태어나는 건 가능했다.

여하튼 클라우스 라트비히, 그가 있음에도 불구하고 건형이 완전기억능력자가 될 수 있었던 것은 정말 예기치 않은 사고 때문이었다.

실제로 카트리나 엘런이 건넨 자료에 따르면 일루미나티에서는 몇 차례 노숙자나 부랑자들을 상대로 테스트를 해본 듯했다.

건형처럼 뒤에서 각목 또는 여러 유사 제품들로 사람의 후두부를 쳐서 완전기억능력자를 임의로 만들어 낼 수 있는지 실험했던 것이다.

물론 단 한 번도 실험에 성공한 적은 없었지만 일단 그런 실험을 저질렀다는 것 자체가 끔찍한 일이었다.

건형은 그것을 보며 일루미나티가 완전기억능력자를 얼마나 탐내는지 알 수 있었다.

그러는 사이 건형은 한스가 건네준 자료를 모두 다 읽었고 그제야 그는 한숨을 돌릴 수 있었다.

'내일이면…… 드디어 그를 만나는구나.'

클라우스 라트비히.

그는 평범한 학자 집안에서 태어났다.

말 그대로 평범한 학자 집안에서 태어난 그는 평범하게 중고등학교를 다녔다.

그런 그가 완전기억능력을 최초로 각성한 건 고등학교를 졸업하기 직전의 일이었다.

그렇게 완전기억능력을 각성한 이후 그는 바뀌었다.

놀라운 천재가 되어 있었고 그는 새로운 논문을 속속 발표하기 시작했다.

특히 보통의 완전기억능력자들이 그렇듯이 그가 영향력을 발휘한 것은 수학, 물리학 등 이공계 과목이었다.

그리고 그는 수학 쪽에 탁월한 역량을 보였다.

'1955년생…….'

그의 나이 예순이다.

건형과는 삼십 년이 넘게 차이가 난다.

그렇지만 여전히 그는 살아 있다.

상태가 썩 좋지 않긴 하지만.

'일루미나티가 그를 붙잡았다고 했지. 그리고 온갖 방법으로 그를 회유하고 또 꼬드겼지만 그는 무저갱을 나홀로 탈출하고 아예 종적을 감췄다고 했어.'

일루미나티도 그가 어디에 있는지 모르는 게 그것 때문이다.

엘런 가문이 알고 있는 건 그녀 가문이 오래전부터 그의 집안과 교류를 해 왔기 때문이다.

그의 집안을 후원해 왔던 게 바로 엘런 가문이었다.

'그가…… 클라우스 라트비히라니.'

건형은 다시 한 번 기억을 되새겼다.

분명히 카트리나 엘런의 심복, 한스가 건네준 자료에 따르면 그의 진짜 이름은.

알렉산더 페렐만이었다.

Chapter. 10

건형은 다시 한 번 생각을 정리했다.

하필이면 클라우스 라트비히, 그의 정체가 다름 아닌 알렉산더 페렐만이라니.

알렉산더 페렐만.

그는 세계적인 수학자다.

대표적인 그의 업적으로는 '푸앵카레 추측'의 증명이 있다.

그 당시 푸앵카레 추측을 같이 증명한 게 바로 헨리 잭슨 교수다.

건형은 지금 자신이 알게 된 이 사실을 헨리 잭슨 교수한테 이야기해야 할지 말아야 할지 고민하고 있었다.

원래 이것은 그 누구한테도 밝히면 안 되는 것이었지만 헨리 잭슨 교수, 그라면 알아야 한다고 생각했기 때문이다.

"휴, 머리 아프네. 왜 하필 알렉산더 페렐만 교수가 클라우스 라트비히라는 거지?"

건형이 얼굴을 구겼다.

60억 아니 70억이 넘는 인구 중에서 왜 하필 알렉산더 페렐만 교수가 클라우스 라트비히라는 말인가.

'어떻게 해야 할까?'

건형은 고뇌에 잠겼다.

일단 문제점은 두 가지다.

첫째, 이 일을 헨리 잭슨 교수에게 알려야 하나?

둘째, 이 일을 지혁에게 알려야 하나?

결국 자신이 가장 믿는 두 사람에게 이 사실을 밝혀야 할지 말아야 할지 그것이 관건이었다.

결국 건형은 한스에게 전화를 걸었다.

"한스, 한 가지 물어봐야 할 게 있습니다."

[예. 말씀하시죠.]

"제가 본 이것을 다른 사람에게 밝혀도 됩니까?"

[죄송하지만 그것은 어렵습니다.]

"알겠습니다."

한스가 완곡하게 대답을 해 왔다.

결국 건형은 스마트폰을 내려놓을 수밖에 없었다.

그때였다.

몇 분 지나지 않아 다시 스마트폰이 울렸다.

전화를 걸어온 것은 카트리나 엘런이었다.

"미스 엘런, 무슨 일이시죠?"

건형은 처음 그녀가 유부녀인 줄 알았다.

그런데 알고 보니 그녀는 결혼을 하지 않았다고 했다.

가문의 가주가 된 이후 결혼을 아예 포기해 버린 것이다.

이해가 가지 않는 일이었다.

대부분 이런 대가문 같은 경우 가문의 힘을 강력하게 키우기 위해 정략혼을 많이 한다.

특히 엘런 가문의 가주라면?

정략혼이 쏟아질 게 분명하다.

게다가 일루미나티에 엘런 가문이 소속되었고 13인 위원회 중 한 자리까지 차지한 마당이니까.

그런데도 불구하고 그녀는 정략혼을 과감히 거부했다.

그 누구에게도 휩쓸리지 않겠다는 단호한 의지를 보인 셈이다.

어쨌든 그것 덕분에 엘런 가문은 더욱더 공고히 결속력을 다질 수 있게 되었다고 하니 어떻게 보면 오히려 그게 전화위복이 된 셈이다.

어쨌든 카트리나 엘런은 밝은 목소리로 건형에게 물었다.

[방금 전 한스한테 들었어요. 미스터 팍이 누군가에게 그 자료를 공유하고 싶어 한다는걸요.]

"걱정하지 않으셔도 됩니다. 그 누구한테도 공유하지 않았습니다."

[호호. 저는 물론 미스터 팍을 믿고 있답니다. 그보다 그래서인데 혹시 누구한테 알려 주려고 하시는 건지 말씀해 주실 수 있을까요?]

"프로페서 잭슨과 제 지인입니다."

[프로페서 잭슨이라면 헨리 잭슨 교수님을 말하시는 거군요. 하버드 대학교에 재학 중이신, 같이 리만 가설을 증명하는 논문을 쓴 그분 맞죠?]

"예, 그렇습니다. 헨리 잭슨 교수님은 예전에 알렉산더 페렐만 교수님과 함께 푸앵카레 추측을 증명하는 논문을 쓰신 적이 있습니다. 저한테도 몇 차례 알렉산더 페렐만 교수님 이야기를 하신 적이 있고요. 그렇다 보니 이야기를 해야 하지 않을까 싶습니다."

[흐음, 다른 한 분은…… 김지혁 씨 맞나요?]

"어떻게 아시죠?"

[호호, 저번에도 말씀드렸지만 우리 엘런 가문은 세계 최고의 정보부대를 가지고 있답니다. 어쨌든 만약 알리고 싶으시다면 그 두 분한테는 알려도 됩니다. 다만 그 이상 정보가 새어 나가서는 곤란하겠지만요. 그 두 분은 미스터 팍이 그만큼 믿는 분들이겠죠?]

"예, 그렇습니다."

[그러면 제가 미스터 팍을 믿는 만큼 그분들도 미스터 팍에게 신뢰를 줄 수 있을 것이라고 생각하겠습니다. 그러면 되지 않을까요?]

"……알겠습니다."

건형은 통화를 종료했다.

이후 그는 먼저 헨리 잭슨 교수한테 전화를 걸었다.

헨리 잭슨 교수가 전화를 받았다.

늦은 시간이었다.

그가 물었다.

[무슨 일인가? 그는 만나 봤나?]

"만나려고 했는데 그 전에 누구를 만나서요."

[응? 그렇군. 그런데 무슨 일인가?]

"헨리 잭슨 교수님한테 하나 알려야 할 사실이 있어서
요."

[응? 나한테? 그게 뭔가?]

건형이 대답했다.

"이번에 만나러 가는 그 사람, 이름이 클라우스 라트비히
입니다."

[클라우스 라트비히라…… 들어 본 적이 없군.]

"엘런 가문의 가주가 알려 줬죠."

[엘런 가문의 가주를 만났나?]

"예. 어쨌든 그 사람 말로는 그자의 진짜 이름이……."

건형은 침을 꿀꺽 삼켰다.

그러다가 그는 마음을 다잡고 입을 열었다.

"알렉산더 페렐만이라고 합니다."

[뭐, 뭐라고?]

수화기 너머 목소리가 크게 떨리고 있었다.

그럴 수밖에 없을 것이다.

자신이라도 당혹스러울 수밖에 없겠지.

알렉산더 페렐만이 누군가.

헨리 잭슨 교수 이전에 최고의 수학자 중 한 명으로 평가받던 인물이다.

게다가 그는 헨리 잭슨 교수와는 상당한 절친이었다.

나이 차이는 있었지만 헨리 잭슨 교수는 그로부터 많은 것을 배웠다고 매번 이야기할 만큼 대단히 존경하는 상대였다.

실제로 푸앵카레 추측을 증명할 때에 알렉산더 페렐만 교수와 헨리 잭슨 교수는 공동으로 논문을 내기도 했다.

미국과 러시아의 교류라고 해서 그 당시 얼마나 화제가 되었던가.

그러나 일루미나티로부터 후원을 받은 헨리 잭슨 교수와 다르게 알렉산더 페렐만 교수는 후원을 거부했고 그 때문에 쫓기듯 살았다, 이게 헨리 잭슨 교수가 알고 있는 전부였다.

[지, 지금 뭐라고 했나?]

"클라우스 라트비히가 알렉산더 페렐만 교수라고 했습니다."

[그, 그게 정말인가? 진짜 그게 사실인가?]

"예. 엘런 가문의 정보부대가 진짜 실력이 탁월하다면 사실이 맞습니다."

[그, 그럴 수가!]

헨리 잭슨 교수가 좌절하는 목소리가 들렸다.

행방불명된 채 사라진 줄만 알았던 알렉산더 페렐만 교수가 살아 있다니.

한참 동안 말이 없던 헨리 잭슨 교수가 입을 열었다.

[확실히 자네 말대로 그는 대단히 독특한 사람이었어. 어떻게 보면 평범한데 어떻게 보면 대단히 특별했거든. 정말 신비스러운 사람이었지. 그래서 내가 적지 않게 도움을 받았지.]

"그래도 헨리 잭슨 교수님한테는 알려드려야 할 거 같아서 이렇게 전화를 드리게 됐습니다."

[고맙네. 알렉산더를 만나게 되면 꼭 내 안부를 전해 주게. 한번 만나고 싶다고. 만나서 허심탄회하게 이야기를 나눠 보고 싶다고 말일세.]

"예, 알겠습니다. 교수님."

[그러면 잘 자게. 건강히 돌아오길 바라겠네. 그리고 내가 아는 알렉산더라면 자네를 해칠 일은 절대 없을 것이네.]

그 뒤 건형은 지혁에게도 전화를 걸어 연락을 취했다.

똑같은 이야기를 들은 지혁도 적지 않게 당황한 듯했다.

게다가 엘런 가문의 정보부대가 자신을 알고 있다는 이야기에 그는 자못 목소리가 심각했다.

아무래도 한 번쯤 자신 주변을 정돈해야 할 필요가 있다고 생각하는 듯했다.

어쨌든 두 사람에게 허심탄회하게 이야기를 털어놓자 마음 한구석이 가벼워지는 것 같았다.

그렇게 건형은 두 사람에게 클라우스 라트비히가 알렉산더 페렐만 교수라는 것을 알린 뒤 호텔의 스위트 룸에서 하룻밤을 투숙했다.

그 이후 건형은 클라우스 라트비히 아니, 알렉산더 페렐만 교수를 만나기 위해 그가 숨어 있는 은신처로 향했다.

알렉산더 페렐만 교수가 머무르고 있는 은신처는 뉴욕 근교에 위치해 있었다.

외딴 별장 같은 곳이었다.

그곳으로 가려면 자동차를 이용해야 할 것 같았다.

택시를 잡아타려고 준비하던 도중 건형은 불쑥 자신에게 다가온 한 사람을 보며 눈을 휘둥그레 떴다.

"당신은……."

그는 메로빙거였다.

"미스터 메로빙거가 여기는 왜……."

"지금 그를 만나러 가려 하는 거요?"

"그렇습니다."

"그러면 안 됩니다. 재고해 주시면 안 되겠습니까? 저는 그랜드 마스터의 전언을 받들고 이곳으로 왔습니다."

"……왜 제가 그를 만나는 걸 방해하려 하는 겁니까? 이유가 있다면 그 이유를 제게 알려 주시죠."

"제가 비록 모든 걸 다 아는 것은 아니지만 아는 것에 한해 성심성의껏 대답해 드리도록 하겠습니다. 그랜드 마스터께서 미스터 팍이 그를 만나는 걸 꺼려 하시는 건 여태껏 단한 번도 완전기억능력자 두 명이 동시대에 공존한 적이 없어서입니다."

"그래서요?"

"즉 전혀 예측할 수 없는 상황이란 이야기입니다. 그런 상황에서 무슨 일이 일어날지 그 누구도 짐작할 수 없습니다. 그것 때문에 그랜드 마스터께서는 당신이 그를 만나는 걸 꺼려 하고 계십니다."

"그것 말고 다른 이유가 또 있는 거 같습니다."

"……휴, 그게 전부입니다. 한 번 더 생각해 주셨으면 합니다. 만약 미스터 팍이 되돌아올 수 없게 된다고 해도 그를 만나러 가실 겁니까?"

"되돌아올 수 없게 된다고요?"

"예. 완전기억능력은 신의 능력이라고 할 만큼 막강한 힘입니다. 그래서 우리는 항상 그들을 경계하고 예의 주시해 왔습니다. 그들이 세계의 흐름에 관여할 경우 엄청난 영향을 끼칠 수 있다는 것을 사전에 파악했기 때문입니다."

"그렇군요."

"나폴레옹 1세, 히틀러 등 그들 역시 완전기억능력자였습니다. 나폴레옹 1세 같은 경우 중간에 그 능력을 잃어버렸지만 히틀러 같은 경우는 끔찍했습니다. 그는 완전기억능력을 기반으로 대중을 선동했고 그것 때문에 제2차 세계 대전이 일어났으니까요."

"놀랍군요. 그들이 완전기억능력자였을 줄이야……."

"그렇지만 그것은 어느 정도 예상이 가능했던 것이었습니다. 히틀러는 우리가 너무 안일하게 대처했던 것 때문이었지 이후 연합군을 구성하면서……."

"혹시 히틀러를 가만히 둔 것이……."

일루미나티의 근간은 유럽이지만 그들이 본격적으로 뿌리를 내리고 영향력을 발휘하기 시작한 건 미국으로 본거지를 옮기면서다.

만약 그들이 히틀러를 가만둔 것이 미국의 영향력을 보다 더 강화하기 위해서라면?

일루미나티라면 충분히 가능성이 있는 이야기다.

메로빙거가 땀을 뻘뻘 흘리며 말했다.

"오해입니다. 어쨌든 그것은 우리가 예상할 수 있는 범위의 일이었습니다. 그러나 지금 이것은 우리가 예상할 수 없는 범위의 것입니다. 그렇기 때문에 다시 한 번 생각해 주셨으면 하는 것입니다."

구구절절 이야기하는 메로빙거를 보던 건형은 뉴욕 시가지를 가로지르던 노란색 택시를 잡아 세웠다.

"미안합니다. 미스터 메로빙거."

그를 만나 봐야 할 때였다.

메로빙거를 뒤로한 채 건형은 택시를 타고 클라우스 라트비히 아니, 알렉산더 페렐만이 기다리고 있을 그곳으로 향했다.

그의 은신처는 뉴욕 외곽 그러니까 근교에 위치해 있었다.

건형은 그곳으로 향하면서 한편으로는 걱정이 들었다.

메로빙거가 자신을 찾아왔을 정도로 그들은 이미 자신의 행적을 샅샅이 알고 있다는 이야기였다.

이곳 뉴욕은 그들의 앞마당이나 다름없다.

자신의 앞마당에서 무엇을 하는지 그들은 훤히 들여다볼

수 있는 것이다.

그런 상황에서 택시를 타고 가는 데 일루미나티를 탈출했다는 알렉산더 페렐만 교수한테 괜한 피해를 끼치는 게 아닌가 하는 생각이 들었다.

그런 탓에 건형은 애초에 출발할 때부터 목적지를 조금 다르게 말한 상태였다.

곧장 그곳으로 가는 것만큼 멍청한 행동은 없다고 생각해서였다.

그렇게 뉴욕 외곽까지 빠져나온 뒤 건형은 택시비를 지불하고 한 주유소 앞에서 내렸다. 그런 다음 그는 편의점 안에 들어가서 몇 가지 물건들을 챙겼다.

이후 뒷문으로 빠져나온 건형은 순수한 자신의 육체를 이용해서 몸을 날리기 시작했다.

파파팟—

순식간에 건형의 몸이 튕겨져 나갔다.

마치 빛살처럼 그는 삽시간에 거리를 벌렸다.

급기야 건형은 육안으로 잡히지 않을 만큼 빠른 속도로 뉴욕 외곽을 질주하고 있었다.

그의 뒤를 쫓던 일루미나티의 일원들은 다급히 그를 찾으려 했지만 어디서도 그를 볼 수 없었다.

그를 쫓던 위성도 마찬가지였다.

결국 잠시 뒤 화면에 떠오른 글자는 하나였다.

'Signal Lost'

"빌어먹을!"

아담 록펠러가 얼굴을 구겼다.

만반의 준비를 기울였지만 아무 소용이 없었다.

"육체 강화도 가능했을 줄이야……."

유일한 소득이라면 건형의 능력 중 하나를 더 밝혀냈다는 것뿐이었다.

"그랜드 마스터, 이럴 바에는 차라리 카트리나 그 계집애를 잡아다가……."

"그럴 수는 없네."

"어째서입니까!"

"카트리나 엘런은 지금 우리 일루미나티에 신뢰감을 그렇게 크게 갖고 있지 않아. 괜히 그렇게 섣부르게 움직였다가 카트리나가 다른 쪽에 붙기라도 하면? 그럴 경우 균형이 깨질 수가 있어."

"그건 그렇지만…… 애초에 아이젠하워 가문을 내쫓고

엘런 가문을 받은 것 자체가 문제였다고 봅니다."

"아이젠하워 가문은 일루미나티의 허락 없이 독단적으로 움직였어. 설령 그게 어린 가주의 개인적인 일탈이었다고 해도 책임은 가문이 져야 하는 법이지. 그렇지 않은가?"

"……죄송합니다, 그랜드 마스터."

"됐네. 그보다 그를 추적하는 건 관두도록 하지. 어차피 잡을 수 없을 거야. 일부러 우리를 다른 쪽으로 유도한 걸 보니 그도 눈치채고 있었던 모양이군. 차라리 이럴 줄 알았으면 애초에 사람을 붙이지 않을 걸 그랬군."

그랜드 마스터는 한숨을 길게 내쉬었다.

자신이 선택을 잘못한 것 같았다.

한편 건형은 자신을 따라붙던 모든 눈길을 뒤로한 채 알렉산더 페렐만이 머무르는 곳을 향해 빠른 속도로 움직이고 있었다.

순식간에 수백 킬로미터를 이동한 건형은 어느새 알렉산더 페렐만 교수의 은신처 앞에 도착할 수 있었다.

알렉산더 페렐만 교수가 머무르는 은신처는 평범한 가정집이었다.

2층짜리 주택으로 여느 평범한 미국식 가정 주택과 다를 게 없었다.

그렇게 생각하며 입구에 발을 내디뎠을 때 건형은 현관문 앞에 붙여진 묘한 수식을 발견할 수 있었다.

　그것은 푸앵카레 추측과 관련이 있는 것이었다.

　이 현관문을 들어오려면 이 수식은 풀 수 있어야 한다는 이야기인 것 같았다.

　'거참, 대단한 사람이군.'

　건형은 머릿속으로 수식을 계산하기 시작했다.

　푸앵카레의 추측이란 3차원에서 두 물체가 특정 성질을 공유하면 이 두 가지 물체는 같은 것이라는 이론에서 시작된 것이다.

　미분방정식의 곡면 분류에 관심을 갖고 있던 푸앵카레가 1904년 논문에서 단일연결인 3차원 다양체는 구면과 같은 것인가, 라면서 문제를 제기한 것에서 시작이 되었다.

　이 푸앵카레 추측으로 필즈상을 수상한 교수가 두 명이며 이것을 해결한 것은 알렉산더 페렐만 교수다.

　어쨌든 그가 직접 낸 문제.

　어렵사리 건형은 그 문제의 해답을 풀이할 수 있었다.

　그렇게 풀이를 입력하자 문이 열리기 시작했다.

　건형은 그 안으로 조심스럽게 발걸음을 들였다.

　그러자 안에서 굵직한 목소리가 들렸다.

지난번 통화를 나눴던 바로 그 남자의 목소리였다.

"드디어 왔는가? 완전기억능력자여."

"알렉산더 페렐만 교수님이십니까?"

"나를 아는군. 카트리나를 만난 모양이지?"

"그렇습니다."

건형은 소리가 들려오는 방향으로 발걸음을 옮겼다.

그리고 거실에서 그는 한 사내를 발견할 수 있었다.

온몸이 삐쩍 마른 채 자리에 앉아있는 사내는 허리를 꼿꼿이 펴고 있었다.

강렬한 눈빛에서는 마치 레이저가 뿜어져 나오는 듯했다.

그렇지만 피골이 상접해 있을 정도로 말라 있어서 거식증 환자가 아닌가 생각됐을 정도다.

"아, 알렉산더 페렐만 교수님이 맞으십니까?"

"그렇다네. 젊은 친구. 내가 바로 알렉산더 페렐만이자 클라우스 라트비히일세."

건형은 알렉산더 페렐만 교수 맞은편에 자리를 잡고 앉았다.

알렉산더 페렐만 교수가 입을 열었다.

"이 향을 맡아 보니 메로빙거를 만나고 온 모양이군."

"어떻게 아시는 거죠?"

"하하, 오감이 발달한 덕분이지. 자네도 충분히 가능할 걸세."

"그보다 일루미나티를 경고하신 것은…….."

"그들이 완전기억능력자를 얼마나 두려워하는지 알 수 있었기 때문이었다네. 헨리도 그들의 후원을 받기로 하면서 변질되었지. 그래서 나는 그것을 경고해야 했네. 자네도 나와 똑같은 처지로 만들 수는 없었으니까."

왜 그가 자신한테 전화를 걸어서 이런 충고를 했는지 이제야 깨달을 수 있었다.

건형이 물었다.

"왜 지혁 형을 납치한 다음 기억을 제거한 것이죠?"

"지혁이라고? 그게 누구지?"

"제 친한 형입니다. 누군가 지혁 형의 기억을 예리하게 지워 버렸죠. 그리고 당신이 저한테 전화를 건 다음 지혁 형을 돌려보내겠다고 했고요."

"아, 그 사람을 납치해오라고 시킨 건 그 사람이 일루미나티와 접촉하고 있었기 때문이었다네."

"예? 일루미나티와 접촉했다고요?"

"그래. 어째서 그가 일루미나티에 접촉했는지는 나도 모른다네. 어쨌든 나는 그가 입국할 때 자네가 믿고 있는 사람이라는 걸 알고 있었어. 그런데 그 사람이 일루미나티와 접촉을 하고 있었으니 가만히 두고 볼 수는 없다고 생각했지. 자네에게 일루미나티를 호의적으로 평가하는 걸 두고 볼 수 없었으니까."

"……그래서 납치한 다음 기억을 지운 겁니까?"

"그래. 그의 기억을 읽어 보려 했지만 읽어 낼 수 없더군. 누군가 그의 기억에 강력한 보호막을 쳐 둔 것이었지. 여하튼 그 기억을 자네가 되살린 모양이군. 차라리 그러지 않았으면 좋았을 텐데 말이야."

충격적인 이야기다.

그때 지혁이 미국으로 건너와서 만난 사람이 일루미나티의 일원이라니.

도대체 지혁은 왜 일루미나티 사람을 만난 것일까.

그가 만난 일루미나티 사람은 누구이며 무슨 이야기를 했던 것일까?

알렉산더 페렐만 교수조차 뚫을 수 없는, 강력한 정신 보호막을 해뒀을 정도로 그들이 지키려 했던 기억은 무엇일까?

모든 게 미궁 속에 빠져 있었다.

"어쨌든 알려 줘서 고맙군요."

"고마워할 거 없어. 내가 이 모든 걸 알려 주는 건 자네가 모든 걸 공평하게 바라볼 필요가 있어서니까. 또 하나, 세상 그 누구도 믿지 말아야 한다는 걸 강조하기 위해서야. 나는 사랑하는 연인을 믿었다가 그 연인한테 배신을 당했지."

"그 연인은……."

"그녀는 내 손에 죽었네. 그리고 나는 두 사람한테 끌려온 다음 무저갱에 갇히게 되었어. 그랜드 마스터와 메로빙거, 두 사람이 나를 그렇게 만들었어."

"그런데 어떻게 탈출할 수 있었던 겁니까? 그곳은 그 누구도 빠져나올 수 없게 설계가 되어 있던……."

"그것은 대답해 줄 수 없겠군. 누군가의 도움 덕분에 탈출할 수 있었다, 이 정도로만 이야기해 두지."

그의 대답이 의심쩍었다.

그렇지만 캐묻는다고 해결될 일은 아니었다.

"……그보다 저를 찾으신 이유를 알 수 있을까요?"

"연인에게 배신을 당한 이후 그 누구도 믿을 수 없다고 생각하게 됐지. 그러다가 새로운 완전기억능력자가 생겨났다는 걸 깨달았네. 그리고 그 완전기억능력자라면 믿을 수 있다고 생각했지."

"……저군요."

"같은 완전기억능력자라면 충분히 믿을 수 있다고 생각하네. 게다가 완전기억능력자를 극도로 경계하는 일루미나티에 공동으로 대항할 수 있다고 생각했고."

"그럴지도 모르겠군요. 그래서 저한테 일루미나티를 상대할 수 있게 도와 달라고 하시는 겁니까?"

"그렇다네. 일루미나티는 나 혼자 상대하기 어려운 조직이거든."

"잠깐만. 그러면 엘런 가문은……."

엘런 가문은 지금 알렉산더 페렐만 교수를 숨기고 있다.

그런데 그들은 지금 일루미나티에 충성을 맹세했다.

아이러니한 일이다.

그런데 만약 엘런 가문이 일루미나티의 배후를 치기 위해 13인 위원회의 일인이 된 것이라면?

일루미나티는 그 어떤 때보다 더 심각한 피해를 입게 될 것이다.

물론 일루미나티가 바보는 아닐 테고 엘런 가문의 뒷조사를 했을 것이다.

아니면 엘런 가문을 이미 잠정적인 적으로 생각하고 있을지도 모른다.

그러나 그 모든 걸 떠나서 어찌 되었든 간에 만약 건형과 알렉산더 페렐만 교수가 힘을 합친다면?

일루미나티에 이보다 더 위협적인 건 없을 것이다.

두 명의 완전기억능력자가 힘을 한데 뭉친 것이니까.

그제야 건형은 왜 일루미나티가 자신이 그를 만나길 꺼려했는지 알 것 같았다.

그들은 완전기억능력자를 두려워했다.

그래서 그가 연인을 죽이게 만든 다음 그를 무저갱에 가뒀다.

누군가의 도움을 받아 무저갱을 탈출하긴 했지만 만약 그런 조력자가 없었다면 그는 평생 무저갱에 갇혀 있었을 것이다.

만약 자신이 이런 일을 당했다면?

사랑하는 사람을 자신의 손으로 죽여야 하고 평생 감옥에 갇혀 살아야만 한다면?

생각만 해도 끔찍한 일이다.

그런 건형의 표정을 읽은 알렉산더 페렐만 교수가 달콤한 목소리로 입을 열었다.

"생각해 보게. 이 제안은 결코 나쁘지 않은 제안이 될 테니까."

건형은 생각을 정리했다.

일루미나티.

그들은 분명 필요악이다.

그들이 무조건 악한 건 아니다.

그들 나름대로의 이념이 있고 정의가 있다.

게다가 지금 그들은 미국을 비롯한 세계의 절반을 쥐고 흔드는 막강한 집단이다.

그러던 와중에 갑자기 그 집단이 붕괴해 버린다면?

세계는 패닉에 빠져들 것이다.

또한 일루미나티-르네상스-로얄 클럽으로 이루어진 균형도 산산조각 흐트러지게 된다.

어쨌든 선택은 건형의 몫.

건형은 알렉산더 페렐만을 바라봤다.

그는 묘한 표정을 지은 채 자리에 앉아 있을 뿐이었다.

'내가 어떻게 해야 하지?'

건형은 머릿속으로 계속해서 고민에 고민을 거듭했다.

그는 일루미나티에 뼛속같이 원한을 품고 있다.

그렇지만 자신은 일루미나티와 대립하고 싶은 생각이 딱히 없었다.

문제는 자신이 적지 않은 비밀을 들어 버렸다는 점이다.

알렉산더 페렐만 교수가 이런 중요한 비밀들을 알게 된

자신을 가만히 내버려 두려 할까?

게다가 그는 완전기억능력자.

완전기억능력자와의 전투는 처음이다.

어떤 식으로 싸우게 될지 감이 잡히지 않는다.

그렇다 보니 건형으로서는 더욱더 신중에 신중을 기할 수밖에 없었다.

〈다음 권에 계속〉